Die Taunus-Ermittler Band 8 – Völlig willenlos

Gabriele und Jürgen Jost

Die Taunus-Ermittler 8 – Völlig willenlos

Kriminalroman

Bibliografische Information der Deutschen Nationalbibliothek:
Die Deutsche Nationalbibliothek verzeichnet diese Publikation in der
Deutschen Nationalbibliografie;
detaillierte bibliografische Daten sind im Internet über
http://dnb.d-nb.de abrufbar.

© 2017 Gabriele und Jürgen Jost
Satz, Umschlaggestaltung, Herstellung und Verlag: BoD – Books on
Demand
ISBN: 978-3-7448-5793-2

1.

Es war ein herrlich klarer Morgen Ende März und dazu noch der erste Tag der Osterferien, als Carola Mergentheimer, die dreizehnjährige Tochter des Hauptkommissars der Hofheimer Kripo, beschwingten Schrittes durch die Hauptstraße ihrer Heimatstadt ging. Sie war auf dem Weg, sich einen neuen Wasserfarbkasten zu kaufen. Nach den Osterferien wollte sie an einer Mal-AG ihrer Schule teilnehmen und musste dafür noch so einiges besorgen.

Carola, die für ihr Alter schon weit entwickelt war und auf den ersten Blick oftmals als Sechzehnjährige durchging, war sehr gewissenhaft und gründlich und plante gerne weit im Voraus.

Sie schmunzelte, als sie an ihre beste Freundin Melanie dachte, die immer alles auf den letzten Drücker erledigte und damit ihre Mutter oft zur Verzweiflung brachte.

Doch plötzlich wurde sie aus ihrer morgendlichen Leichtigkeit gerissen, als ihr ein junger Mann um die achtzehn, der mit einer Art Mönchsgewand bekleidet war, in den Weg trat und sie in altertümelnder Sprache ansprach: »Hallo, mein Fräulein, hast du etwas Zeit für mich?«

»Nein!«, sagte Carola, der nicht so leicht bange wurde, und wollte schnell einen großen Bogen um ihn machen. Leider machte der Bursche ungerührt einen Schritt nach links, sodass sie beinahe mit ihm zusammengestoßen wäre, und sagte dabei ernst: »Solltest du aber.«

»Wie komme ich denn dazu? Außerdem ist das nicht gerade gutes Benehmen, wenn Sie mich einfach von der Seite anquatschen.«

»Ich kann dich vor der ewigen Verdammnis retten!«

Was ist denn das für ein Spinner?, dachte Carola und sagte: »Das glaube ich kaum. Zischen Sie lieber ab und lassen mich mit Ihrem Unsinn in Ruhe.«

»Warum so kratzbürstig, schönes Fräulein?«

»Das Fräulein kannst du dir …«, begann Carola zornig, besann sich dann aber anders und sagte recht schnippisch: »Weil ich keine Zeit für Ihr dummes Geschwätz habe.«

»Typisch Frauen, immer in Eile«, sagte der junge Mann. »Aber du solltest dir die Zeit nehmen und am besten gleich mitkommen.

»Wie bitte?«, fuhr Carola erneut zornig auf, aber es wurde ihr auch sehr mulmig dabei. »Wohin denn?«

»Wir, die Erleuchteten, sind eine Religionsgemeinschaft und haben in unserem Kloster das Paradies auf Erden gefunden.«

»Warum sind Sie dann nicht dortgeblieben?«, sagte sie. »Lassen Sie mich endlich in Ruhe!« Langsam kroch die Angst in ihr hoch, und sie hoffte, dass dieser sonderbare Kerl das Beben in ihrer Stimme nicht bemerkte. Das »Gehen Sie doch endlich zum Teufel!«, das sie noch hinterherschickte und das energisch klingen sollte, hörte sich schon sehr kläglich an.

In dem Augenblick änderte der junge Mann seine Taktik und sagte einschmeichelnd: »Aber, schöne Frau.« Plötzlich hatte er eine Broschüre in der Hand, die er ihr unter die Nase hielt. »Die kannst du kaufen, und wenn dir gefällt, was du darin gelesen hast, dann sprichst du einfach einen von uns an. Wir sind immer und überall. Das Heft kostet nur fünf Euro.«

»Dafür wollen Sie auch noch Geld haben? Ich fass es nicht.« Dabei sah sich das Mädchen hilfesuchend um, aber wie immer, wenn man mal jemanden brauchte, war weit und breit niemand zu sehen. Die Straße war wie leergefegt.

Der junge Mann beugte sich noch einige Zentimeter weiter zu ihr. Carola wollte einen Schritt zurückweichen und stellte fest, dass dieser eklige Typ sie während des Gesprächs unmerklich immer weiter in Richtung Hauswand gedrängt hatte.

»Also, was ist?«

»Geben Sie mir die Broschüre endlich her«, presste Carola hervor. Sie kramte einige Münzen aus ihrer Jackentasche und war froh, den Rat der Mutter endlich einmal beherzigt zu haben und so ihre Geldbörse nicht hervorholen zu müssen. Am Ende hätte der widerliche Kerl sie ihr noch abgenommen.

»Bitte schön, das ist alles, was ich dabeihabe, drei Euro fünfzig.«

»Eigentlich reicht das nicht.«

»Dann behalten Sie das Blättchen doch; ich muss jetzt weiter.«

»Na ja, dann will ich mal nicht so sein«, sagte der junge Mann, nahm die Münzen an sich, gab ihr die Broschüre und ließ sie weitergehen.

»Wie heißt du eigentlich?«, rief er ihr noch hinterher.

Aber Carola tat, als hätte sie nichts gehört, und lief mechanisch weiter. Erst als sie ein paar Dutzend Schritte zwischen sich und diesem Jüngling in der Kutte gebracht hatte, wagte sie einen Gedanken zu fassen.

Das schöne Geld hatte sie für nichts und wieder nichts verplempert, dachte sie. Aber was hätte sie machen sollen?

Dann begann sie fast zu rennen und wagte erst an der nächsten Ecke, sich vorsichtig umzudrehen, ob der Typ ihr gefolgt war.

Die Erleichterung wich bereits im nächsten Augenblick der Wut, als sie begriff, dass nun ihr Geld keinesfalls mehr für den besseren Farbkasten reichte, den sie unbedingt haben wollte. Allerdings war ihr ohnehin die Lust vergangen, im Schreibwarengeschäft die Regale zu durchstöbern.

Vielleicht sollte ich besser heimgehen und Mutti alles erzählen, dachte sie und hatte den Gedanken kaum zu Ende gedacht, als sie die Hauptstraße wieder zurück zur Niederhofheimer Straße eilte. Sie rannte immer schneller, und erst als sie in die ruhige Wohnstraße einbog, lief sie wieder etwas langsamer.

Sie schloss die Haustür ihres Elternhauses auf und rief noch ganz außer Atem: »Mutti, wo bist du denn?«

»Im Wohnzimmer«, hörte sie die Stimme der Mutter, und noch bevor sie etwas sagen konnte, kam Stefanie Mergentheimer ihr entgegen und fragte: »Kind, was ist denn passiert? Du bist noch ganz außer Atem.«

»Kann ich mal mit dir reden?«

»Na klar, aber beruhige dich doch erst mal etwas. Ich hol dir was zu trinken. Du bist ja völlig durcheinander.«

Wenig später saßen die beiden im Wohnzimmer beisammen, und das Mädchen berichtete, was ihr soeben in der Altstadt widerfahren war. Sie drückte ihrer Mutter, die im Verlauf des Berichtes kreidebleich geworden war, die Broschüre in die Hand. Als Carola geendet hatte, fragte Stefanie Mergentheimer erschrocken: »Wie war das? Die haben dich aufgefordert, mit ihnen zu kommen?«

»Ja, aber es war nur einer. Außerdem hat er mich genötigt, das Heft da zu kaufen.«

»Was, für den Schund wollten die auch noch Geld haben? Das geht wirklich entschieden zu weit. Ich rufe jetzt Papa an.«

Aber erst einmal nahm Stefanie ihre Tochter in den Arm, die sich so langsam wieder beruhigt hatte, und fuhr ihr tröstend durchs Haar. Während sie sich das Telefon angelte, sagte sie: »Kind, du hast es jetzt überstanden. Nach allem, was ich über die ›Erleuchteten‹ gehört habe, hast du Glück gehabt, so glimpflich davongekommen zu sein.«

So wählte Steffi die Nummer der Hofheimer Polizeistation und hängte die Durchwahl zum Schreibtisch ihres Mannes an. Nervös trommelte sie mit den Fingern auf dem Wohnzimmertisch, bis sie Anschluss bekam.

»Warum geht er denn nicht ran, wenn ich ihn wirklich mal dringend brauche«, murmelte sie, und als auf der Gegenseite abgenommen wurde, sprudelte sie einfach drauflos: »Stell dir mal vor, Claus …«, dann riss sie erschrocken die Augen auf und stammelte: »Oh, Entschuldigung, habe ich mich etwa verwählt?«

»Nein«, drang es an Stefanies Ohr. »Die Nummer stimmt schon, aber Ihr Mann hat gerade den Raum verlassen.«

»Ach, Sie sind es, Herr Heisslitz«, sagte Stefanie schon wieder etwas ruhiger. »Können Sie meinem Mann ausrichten, dass ich ihn dringend sprechen muss?«

Als Hans Heisslitz gerade auflegen wollte, kam Claus Mergentheimer zur Tür herein.

»Kleinen Moment mal. Sind Sie noch dran? Ihr Mann kommt gerade herein«, rief der Kriminaloberkommissar schnell ins Telefon, um sich dann an seinen Vorgesetzten und Freund zu wenden:

»Deine Frau ist am Apparat, Claus.«

»Hätte mich auch gewundert, wenn's deine wäre.«

»Witzbold«, murmelte der als Eigenbrötler bekannte Kriminalbeamte, übergab den Hörer und wandte sich wieder seinem Schreibtisch zu.

»Steffi, was ist los?« Er lauschte konzentriert und fuhr kurz darauf laut auf: »Das gibt's doch nicht!« Dabei schlug er mit der Faust so fest auf den Schreibtisch, dass sein Kollege sich vor Schreck beinahe an seinem heißen Kaffee verbrannt hätte.

Claus hatte bei dem Schlag die Schreibtischkante getroffen und sich leicht an der Hand verletzt, bemerkte es aber, ganz in Gedanken, kaum.

Er ließ sich fassungslos in seinen Sessel fallen, dass der in allen Fugen ächzte, während er fragte: »Wie nennst du das – eine Lappalie? Nein, es ist goldrichtig, dass du gleich anrufst.«

Nach dem Gespräch ließ er in Gedanken versunken den Hörer auf die Gabel sinken, starrte einige Sekunden lang abwechselnd das Telefon und seine Hand an und wandte sich an den Kollegen: »Dieses Mal haben sie sich zu weit vorgewagt. Vielleicht haben wir jetzt eine Handhabe gegen sie.«

»Du sprichst in Rätseln. Wen meinst du denn?«

»Diese Sekte. Die ›Erleuchteten‹.«

»Was haben sie denn gemacht?«

»Sie sind in unserer schönen Altstadt unterwegs. Bitte schick zwei Streifen dorthin und sag der Kripo Bescheid.«

»Um was zu tun? Diese Leute tun nichts Verbotenes. Jedenfalls lassen sie sich nicht dabei erwischen. Du weißt doch, was letztes Mal los war. Ihre Anwälte haben uns die Hölle heißgemacht. Wir haben nichts gegen sie in der Hand.«

»Diesmal vielleicht schon. Denn sie haben eine Dreizehnjährige angequatscht und aufgefordert, mit ihnen zu kommen.«

»Hat deine Frau deshalb angerufen?«

»Ja.«

»Dann kann es sich doch nur um Carola handeln, oder?«

»Der Kandidat hat neunundneunzig Punkte.«

»Wir fahren sofort los, aber du versprichst mir, dass du dich hier in nichts verrennst und auch keine Dummheiten machst.«

»Das kann ich nicht!«

»Dann fahr besser mit. So hab ich dich besser unter Kontrolle und schone meine Nerven. Denk bitte ausnahmsweise mal an Schuchheim! Der Mann ist in letzter Zeit ohnehin ungenießbar.«

»Hab ich vorhin laut und deutlich mitbekommen, als er unten durch die Vorhalle gebrüllt hat.«

»Was meinst du denn, was der Franz Leitner daraufhin zu mir gesagt hat?«

»Keine Ahnung; ich war nicht dabei.«

»Der Löwe hat schlecht geschlafen heut Nacht«, sagte Hans Heisslitz trocken.

Das kann noch heiter werden, dachte Claus Mergentheimer auf dem Beifahrersitz, während sein Kollege Heisslitz aus der Einfahrt der Polizeistation stadteinwärts in die Zeilsheimer Straße einbog. Zwei Streifenwagen folgten ihnen auf dem Weg zur Altstadt. Aber wie so oft, wenn Polizeibeamte den »Erleuchteten« zu Leibe rücken wollten, waren die schon längst verschwunden.

Jeder Beamte in Hessen wusste, dass die »Erleuchteten« eine Sekte der übelsten Sorte waren, die ihre Mitglieder mit Gehirnwäsche und auch Drogen gefügig machte, sodass sie – scheinbar freiwillig – alles taten, was man von ihnen verlangte. Nach außen hin waren sie eine anerkannte Religionsgemeinschaft, deren Mitglieder auf persönliches Vermögen verzichteten und stattdessen in einem, wie sie es nannten, freien Kloster ohne Zwänge des Alltags lebten.

Auch dieses Kloster war den meisten Polizisten im Rhein-Main-Gebiet bestens bekannt, denn die »Erleuchteten« tauchten von Zeit zu Zeit in jeder Gemeinde auf, und ihr Anwesen war schon mehrfach ohne Ergebnis durchsucht worden. Oftmals waren die Anwälte der Sekte sogar gegen die beteiligten Beamten gerichtlich vorgegangen und hatten mehr als einmal recht bekommen.

Alles, was auf diesem Landgut zwischen Butzbach und Usingen zu finden war, waren Mönche und Nonnen, die friedlich beteten, arbeiteten und meditierten, aber keine Hinweise auf illegale Machenschaften.

Etwa zur gleichen Zeit fuhren zwei Kleinbusse mit fünfzehn Personen, die alle auf den ersten Blick als »Erleuchtete« zu erkennen waren, durch den Taunus.

Am Steuer polterte einer der höhergestellten Jünger des Sektenchefs drauflos: »Da hast du dir ja wieder ein Ding geleistet, Thomas. Was sollte denn das? Du kannst doch nicht so plump kleine Mädchen anquatschen. Damit kannst du uns bei den Bullen ganz schön reinreiten. Wenn das der Boss erfährt, hat das üble Konsequenzen.«

»Musst du denn wegen jedem Furz gleich zu ihm rennen?«, fauchte der junge Mann zurück. »Und außerdem – warum denn kleine Mädchen? Die war doch mindestens fünfzehn oder sechzehn.«

»Du hast wohl Tomaten auf den Augen, höchstens vierzehn war die. Aber davon abgesehen, sollst du überhaupt keine Minderjährigen anquatschen. Und sie auch nicht auffordern, uns zu folgen. Das gibt doch nur Stress mit ihren Alten, und darauf hat der Chef überhaupt keinen Bock.«

»Ach so, meinst du, ich werde dafür bestraft?«

»Schon möglich. Aber das muss der Oberste entscheiden, wenn er wieder zurück ist«, sagte Ambrosius.

2.

An einem Montagmorgen, es war drei Wochen nach Ostern, saßen Peter und Stefan im Büro und schrieben Rechnungen für drei kleinere Fälle, die sie in der Vorwoche zum Abschluss gebracht hatten. Genau in dem Moment, als Peter einige Zahlen addierte, klingelte das Telefon, das bereits wieder unter einem Berg von Akten zu verschwinden drohte. Es war schon erstaunlich, wie schnell es den beiden Detektiven gelungen war, das totale Chaos wiederherzustellen, das vor der gründlichen Renovierung ihres Büros vor einigen Monaten geherrscht hatte.

»Hoffentlich ist das nicht Dr. Pfannmöller«, jammerte Stefan sogleich. »Eigentlich wollte ich einige Tage Urlaub machen. Mit dem Laden hier ist es wie verhext – entweder man dreht wochenlang Däumchen, oder man ist am Rotieren.

Peter nickte mit dem Bleistift zwischen den Zähnen.

»Hallo! Ist da die Detektivagentur?« meldete sich eine aufgeregte weibliche Stimme.

»Ja – Sie sind mit dem Detektivbüro ST-W, die Taunus-Ermittler, verbunden«, sagte Peter Stettner.

»Dann bin ich richtig«, sagte die Frau, und Stefan hörte sie über den inzwischen eingeschalteten Lautsprecher deutlich erleichtert aufatmen. »Ich habe einen Fall für Sie, und es ist brandeilig.«

»Moment mal«, unterbrach Peter freundlich. »Wie heißen Sie, und um was geht es denn? Wir müssen erst mal schauen, ob in unserem Terminkalender noch Platz ist.«

»Verzeihung, ich bin zurzeit ziemlich konfus. Mein Name ist Lydia Ebert. Frau Stefanie Mergentheimer gab mir Ihre Telefonnummer.«

»Die Frau des Kommissars aus Hofheim?«

»Richtig, und Sie müssen mir ganz dringend helfen!«

»Um was geht es denn?«, fragte Peter erneut und grinste Stefan schief an, denn genau wie diesem war ihm klar, dass Stefans Chancen auf einen baldigen Urlaub gerade auf den Nullpunkt gesunken waren.

»Es geht um diese Sekte, die ›Erleuchteten‹ oder wie immer sie sich nennen.«

Als dieser Name fiel, spannte sich Peters Körper, und auch Stefan riss erstaunt die Augen auf, bevor sein Freund fragte: »Was haben Sie denn mit denen zu tun?«

»Ich nichts, aber meine Tochter Melissa. Herr Mergentheimer hat zu mir gesagt, da meine Tochter freiwillig bei denen im Kloster lebt, sind ihm die Hände gebunden, aber macht er es sich damit nicht zu leicht?«

Ohne auf die Frage einzugehen, sagte Peter: »Bitte kommen Sie doch mal in unser Büro. Der Fall interessiert uns und wir müssen im Detail besprechen, ob und wie wir Ihnen helfen können. Wie wäre es heute Nachmittag um halb vier?«

»Ich werde pünktlich sein, und danke.«

»Was ist denn das für eine Tussi?«, fragte Stefan, nachdem Peter aufgelegt hatte.

»Falsch, Stefan, das war eine besorgte Mutter, deren Nerven einfach blank liegen. Wart's ab, wenn deine Töchter in das Alter kommen.«

»Dann ist mein Urlaub damit wohl gestrichen.«

»Mit viel blauer Farbe, denn das sieht wenigstens wie der Frühlingshimmel aus.«

»Schön, dass du schon da bist«, empfing Verena ihren Mann. »Das Essen ist fertig, holst du den Auflauf aus dem Backofen?«

»Mir ist der Appetit gründlich vergangen; du kannst alleine essen.«

»Was ist los? Erzähl schon.«

»Unsere fünf erholsamen Tage fallen aus«, teilte Stefan seiner Frau mit. »Wir haben einen neuen Auftrag.«

»Wenn's weiter nichts ist. Damit hab ich schon gerechnet. Ist schließlich nicht das erste Mal.«

Beide kauten eine Weile schweigsam vor sich hin, dann sagte Stefan plötzlich in die Stille hinein: »Was hast du denn heute Vormittag Schönes gemacht?«

»Mitermittelt jedenfalls nicht! Aber mir kribbelt es wieder in den Fingern. Wenn die Zwillinge Anfang Mai in den Kindergarten gehen, könnte ich doch ...«

»Darüber können wir noch reden, wenn's so weit ist«, wich Stefan schnell aus und schob entschlossen nach: »Ich muss mich beeilen wieder ins Büro zu kommen. Nachher kommt eine Frau vorbei, deren Tochter befindet sich in den Fängen einer obskuren Sekte, die sich die ›Erleuchteten‹ nennen.«

»Seid bloß vorsichtig«, riet Verena. »Was ich so von denen gelesen habe, verheißt nichts Gutes. – Übrigens, vorhin hat Andrea angerufen.« Andrea Dehler war eine alte Freundin von Verena. Sie hatten lange geschwatzt, und morgen Abend würde sie zu Besuch kommen.

Währenddessen arbeitete Peter den Mittag durch und versuchte Claus Mergentheimer zu erreichen. Als der sich endlich meldete, war er nicht sehr begeistert, schon wieder von den »Erleuchteten« zu hören.

»Mit denen haben wir schon genug Ärger.«

»Erzähl! Das interessiert mich brennend.«

»Eigentlich darf ich das nicht, aber weil ich will, dass denen endlich das Handwerk gelegt wird … einfach Carola anzuquatschen! Das macht mich dann doch rasend.«

»Da spricht der besorgte Vater«, sagte Peter. »Wahrscheinlich wäre ich genauso wütend, wenn diese Typen Sven ansprechen würden. Was weißt du über ihre Methoden?«

»Zum Beispiel, dass sie ihre Mitglieder quasi willenlos machen, um sie anschließend auszunehmen.«

»So wie Frau Eberts Tochter?«

»Genau. Nur, wenn man es nicht beweisen kann, ist man als Beamter nahezu machtlos. Aber ihr …«

»Schauen wir mal …«

»Melissa Ebert lebt mit unzähligen anderen Jüngern auf einem Landgut der Sekte, das sie großspurig ›Kloster‹ nennen. Es liegt mitten im Feld unweit des Butzbacher Stadtteils Maibach. Frau Eberts Tochter lebt anscheinend völlig freiwillig bei denen. Wir waren vor einiger Zeit mit Kollegen der Butzbacher Polizei dort, um das zu überprüfen. Zu unserer Überraschung hat man uns auch ohne Gerichtsbeschluss eingelassen, wir konnten sogar mit Melissa alleine reden.«

»Dann haben die bestimmt alles mit angehört.«

»Das denke ich auch, aber beweis das denen mal. Solange wir uns nur auf Vermutungen stützen können, sind uns die Hände gebunden. Wir mussten ohne die junge Frau wieder abfahren. Sie sah so zufrieden und glücklich aus, dass man wirklich glauben konnte, sie halte sich freiwillig dort auf.

»Glaubst du es nun oder nicht?«

»Das ist ja gerade das Fatale daran. Denn wenn diese Frau dahingehend manipuliert wurde, so ist das nahezu perfekt geschehen.«

»Danke jedenfalls, dass du so bereitwillig Auskunft gegeben hast.«

»Na, was soll ich denn machen? Ihr gebt ja doch keine Ruhe! Bevor ihr alles dort aufmischt, halt ich euch lieber auf dem Laufenden.«

»Du hast bei uns was gut. Danke, Claus!«

»Wie wollt ihr weiter vorgehen?«

»Das müssen wir uns noch überlegen, aber wenn unser Plan steht, bist du der Erste, der davon erfährt.«

»Danke, Peter, aber ich muss Schluss machen. Der Chef ist im Anmarsch, und er hat schlechte Laune.«

»Hast du Angst vor ihm?«

»Bestimmt nicht. Aber was er nicht weiß, muss ich ihm auch nicht auf die Nase binden.«

Als Frau Ebert endlich kam, war sie so nervös, dass sie beim Einparken fast Peters Wagen gerammt hätte. Unterdessen hatte Stefan sich Peters Mitschnitt des Telefonats mit Claus angehört.

»Hast du schon eine Idee, wie wir der Frau helfen können?«

»Im Moment noch nicht, aber hören wir uns erst mal an, was sie genau will.«

In dem Augenblick betrat Lydia Ebert, eine dreiundvierzigjährige Frau mit blonden Locken, das Büro.

»Möchten Sie einen Kaffee?«, fragte Peter. »Ist ganz frisch aufgebrüht.«

»Ein Cognac wäre mir lieber. Am besten gleich ein doppelter«, gestand die besorgte Mutter und kämpfte mit den Tränen.

»Kein Problem«, sagte Stefan und wollte gerade aufstehen, um die Flasche aus dem gekühlten Barfach ihres neuen Büroschrankes zu holen. Aber Peter meinte: »Denken Sie bitte daran, dass Sie jetzt einen klaren Kopf brauchen, um unsere Fragen zu beantworten. Je detaillierter Sie uns Auskunft geben können, umso besser.«

»Sie haben recht. Außerdem muss ich wieder nach Hause fahren. Aber seit dem Verschwinden meiner Tochter packt mich oft die Verzweiflung.«

Voller Mitgefühl sah Peter Stettner die Frau an, denn er dachte an die schweren Jahre zurück, als seine erste Frau Michaela spurlos verschwunden war[1].

»Es geht, wie ich Ihnen schon am Telefon sagte, um diese Sekte. Die ›Erleuchteten‹. Sie halten meine Tochter gefangen, und die Polizei tut nichts außer reden.«

»Sind Sie wirklich sicher, dass Ihre Tochter …« Peter konnte den Satz nicht einmal zu Ende sprechen, als Lydia Ebert empört hochfuhr: »Absolut! Außerdem habe ich Beweise.«

»Weiß die Polizei das?«

»Wozu denn?«, rief sie mit tränenerstickter Stimme. »Das führt doch zu nichts. Wollen wenigstens Sie mir helfen?«

Noch bevor Peter etwas sagen konnte, sprang Stefan für ihn in die Bresche: »Auf jeden Fall. Wir werden alles tun, um Ihre Tochter dort rauszuholen. Erzählen Sie uns bitte alles, was Sie wissen.«

»Da muss ich weiter ausholen.«

---

1 Vgl.: Die Taunus-Ermittler, Band 1 und 2

»Wir haben Zeit«, sagte Peter aufmunternd, und Stefan stimmte ihm sofort zu, obwohl er den gemütlichen Abend mit Verena gerade entschwinden sah.

»Meine Tochter Melissa ist im Zorn bei mir ausgezogen. Vor zwei Jahren habe ich einen riesigen Fehler gemacht. Ich habe meinen Mann mit seinem besten Freund betrogen. Mein Mann hat uns überrascht, als er unerwartet nach Hause kam.«

»Da ist Ihre Tochter davongelaufen?«, fragte Stefan.

»Wenn es nur so einfach wäre«, seufzte Melissas Mutter. »Zuerst ahnte Melissa nichts von meinem Fehltritt. Erst als mein Mann fünf Tage später zum Notar ging, sein Testament änderte und danach sofort auszog, stellte sie uns beide zur Rede. Da erfuhr sie, warum er das tat und dass nun sie die Hauptbegünstigte seines Testaments war. Mich hat er, was aus meiner Sicht in Ordnung geht, auf den Pflichtteil heruntergestuft. Und meine Tochter aus erster Ehe, die er zwar wie sein eigenes Kind geliebt, aber nie adoptiert hatte, ganz daraus gestrichen.«

»Ist Ihr Mann denn so vermögend?«

»Er war es. Aber jetzt er ist tot, und meine Tochter gibt mir die Schuld daran.«

Hier wollte Stefan sofort nachhaken, aber Peter gab ihm ein Zeichen, Frau Eberts Redefluss nicht zu unterbrechen. Die Frau sprach langsam weiter: »Melissas Anteil betrug nun über zwei Millionen Euro, zum größten Teil in Wertpapieren.«

Als Lydia Ebert nun doch verstummte, fragte Stefan: »Danach hat Ihr Mann sich das Leben genommen?«

»Zumindest sah es für Melissa und die Polizei zunächst so aus. Erst sehr viel später kam heraus, dass die Autowerkstatt in den Wagen meines Mannes minderwertige

Ersatzteile eingebaut hatte. Als er im Zorn von hier in sein Hotelzimmer raste, brach ein Teil der Lenkung. Nur deshalb knallte er gegen einen Brückenpfeiler. Leider kam das aber erst heraus, als andere Kunden der Werkstatt ebenfalls Probleme hatten und zu Schaden kamen.«

»Ihre Tochter war zu dem Zeitpunkt längst ausgezogen und hat somit nichts davon erfahren«, schlussfolgerte Stefan.

»Genau so war es. Donnerwetter, ich glaube, bei Ihnen bin ich an der richtigen Adresse.«

»Danke«, sagten die Detektive gleichzeitig, und Peter fragte: »Wie ging es dann weiter?«

»Nur zwei Tage nach dem tödlichen Unfall ihres Vaters ist Melissa unter Tränen ausgezogen. Zwischen Tür und Angel warf sie mir an den Kopf, dass ich allein an dieser Entwicklung Schuld hätte. Das letzte Mal aus der Nähe gesehen habe ich sie bei der Testamentseröffnung. Sie hat mich nicht einmal gegrüßt. Danach kamen nur noch drei Postkarten von ihr bei mir an. In der ersten teilte sie mir mit, dass sie ins Kloster gehen und allen weltlichen Dingen entsagen wolle. Vor etwa drei Monaten habe ich sie dann zum ersten Mal in einem weißen Gewand der ›Erleuchteten‹ gesehen und die Polizei eingeschaltet. Das Ergebnis war gleich null. Einige Zeit später kam eine weitere Postkarte mit der Mitteilung, dass sie nach Amerika gehen würde, um mir nie mehr begegnen zu müssen.«

»Und die dritte?«

»Kam vor knapp drei Wochen; aus den Staaten. Sie schrieb, dass sie in Kürze heiraten und Kinder bekommen werde, die ich nie zu Gesicht bekäme. Es standen auch noch andere Bosheiten darauf, aber die sind zu schlimm zum Wiedergeben.«

»Was brachte Sie dazu, uns zu kontaktieren?«

»Am letzten Samstag war ich in Frankfurt auf der Zeil, um meine orthopädischen Schuhe abzuholen; da habe ich sie erneut gesehen. Zusammen mit einigen Leuten von dieser Sekte. Sie gehörte eindeutig zu ihnen. Ich hab ein Foto von ihr gemacht.«

Bei ihren letzten Worten zog sie ihr Smartphone aus der Handtasche und hielt es den Detektiven hin.

»Haben Sie noch ein besseres Bild von Ihrer Tochter, vielleicht sogar ein Porträt?«

»Zu Hause genügend. Schließlich ist es alles, was mir von ihr geblieben ist. – Übernehmen Sie also den Fall?«

»Ja, denn wir teilen Ihre Meinung, dass einiges im Argen liegt«, sagte Stefan schnell, und Peter fügte hinzu: »Oberflächlich betrachtet könnte man glauben, dass Ihre Tochter Ihnen Schmerzen zufügen will und dafür weder Kosten noch Mühe gescheut hat. Wir wissen aber, wer in dieser Sekte ist, der verzichtet nicht nur auf privates Vermögen, sondern auch gänzlich auf private Kontakte nach draußen, gleich welcher Art sie sind.

Das bedeutet, dass, von der ersten Postkarte einmal abgesehen, diese Kontakte von den ›Erleuchteten‹ ausgehen, und heißt, sie wollen den wahren Aufenthaltsort Ihrer Tochter verschleiern. Schließlich haben Sie denen vor drei Monaten die Polizei auf den Hals gehetzt. Ich fürchte, man hat vor …«

»… sie irgendwann ganz verschwinden zu lassen, wenn keine Ruhe einkehrt.«

»Das werden wir zu verhindern wissen.«

»Danke … aber die Bezahlung?«

»Wir sind nicht ganz billig. Jeder Tag, den wir zu zweit an der Sache arbeiten, kostet Sie fünfhundert Euro plus

Spesen. Nach einer Woche bekommen Sie eine Zwischenrechnung.«

»Das geht schon in Ordnung. Hauptsache, meine Tochter wird aus den Fängen dieser Leute befreit.«

Frau Ebert hatte das Büro kaum verlassen, als Peter zu seinem Kompagnon sagte: »Ich werde jetzt erst mal aus dem Netz kitzeln, was es über diese obskure Gruppierung zu erfahren gibt. Dann werden wir diesem Landgut einen Besuch abstatten.«

»Aber nicht morgen Abend … Verena bekommt Besuch von ihrer Freundin Andrea, und wir beide könnten endlich mal wieder um die Häuser ziehen.«

»Glänzende Idee, was schlägst du vor?«

»Italienisch, griechisch oder vietnamesisch.«

»Dann lass uns zum Italiener, dort brauchen wir nicht zu reservieren, falls wir spät zurück sind.«

»Was hast du denn alles vor?«

»Morgen früh treffen wir uns etwas später. Bis dahin habe ich, wenn wir Glück haben, schon einige Informationen über den Verein zusammen. Auf der Fahrt zu dem Landgut besprechen wir dann alles.«

»Wer fährt?«

»Immer der, der fragt.«

3.

»Ich muss dringend los«, sagte Stefan, während er den letzten Schluck Kaffee trank. »Vielleicht hat Peter schon was erfahren. Wie ich ihn kenne, hat er sich seit gestern Abend in den Fall verbissen.«

»Kein Wunder, dass Peter so schnell satt wird«, konterte Verena trocken. »Aber viel Spaß dabei, und es kommt mit diesem Fall ja auch wieder Geld in unsere Haushaltskasse.«

»Na, die Frau lässt sich beim Bezahlen nicht lumpen«, meinte Stefan. »Und es sieht keinesfalls so aus, als wäre das Problem mit ihrer Tochter in zwei oder drei Tagen gelöst.«

»Das ist doch prima für euch.«

Auf dem Weg zum Auto dachte Stefan darüber nach, dass Frau Ebert nicht wie die meisten anderen Klienten zu handeln versucht hatte. Sie hatte den Preis sofort akzeptiert, obwohl sie ihre Honorare nach den jüngsten Erfolgen etwas nach oben korrigiert hatten. Dafür würde sie auch gute Arbeit bekommen – exzellente, wie Peter meinte. Immerhin war es in der nun fast siebenjährigen Geschichte der Detektei erst ein einziges Mal vorgekommen, dass sie einen Fall nicht zu ihrer vollen Zufriedenheit hatten lösen können. Aber selbst da war es ihnen gelungen, dem Werksspion, den sie verfolgten, die Forschungsergebnisse des Pharmakonzerns, die er verkaufen wollte, zu entreißen, bevor er sich ins Ausland absetzte.

Noch ganz in Gedanken hatte Stefan vor dem Büro eingeparkt, und als er den Raum betrat, saß Peter tatsächlich bereits am Schreibtisch und hatte einige Computerausdrucke vor sich liegen.

Er sah mit griesgrämigen Gesichtsausdruck hoch und sagte: »Viel Gescheites habe ich nicht gefunden. Zwar wimmelt es im Netz nur so von Spuren. Aber das meiste ist Eigenwerbung und Selbstbeweihräucherung. Natürlich gibt es auch einige Zeitungsartikel und Diskussionsforen … aber nichts, was man nicht schon wüsste, höchstens Spekulationen.«

»Und was ist Vernünftiges dabei?«

»Nicht viel. Das meiste sind Aussagen von Aussteigern, die darüber berichten, wie es bei denen zugeht und wie die Sektenführer mit ihnen umgesprungen sind. Wer diese Aussteiger sind, ist nicht bekannt, denn sie wollen anonym bleiben. Kann man es ihnen verdenken? Auch dass es neben dem Kloster noch einen weiteren geheimen Stützpunkt geben soll, ist dank Claus für uns keine Neuigkeit mehr, und nur einer der Aussteiger wusste überhaupt etwas darüber.«

»Und zwar?«

»Der Stützpunkt soll ebenfalls in Mittelhessen liegen.«

»Geht's etwas genauer? Das Gebiet ist schließlich nicht gerade klein.«

»Allerdings, aber das trifft auch auf die Mitgliederzahl dieser Sekte zu. Das sollen, da hab selbst ich gestaunt, immerhin rund fünfhundert sein.«

»So viele?«, wunderte sich auch Stefan. »Wohnen die etwa alle in diesem Kloster? Wie soll denn das klappen?«

»Es sieht wohl so aus, als müssten wir selbst dorthin, um

vor Ort zu ermitteln. Wir werden uns ein Nachtsichtgerät und zwei leistungsstarke Feldstecher mitnehmen.«

»Willst du etwa jetzt schon fahren und bis heute Abend dortbleiben?«

»Wenn es sein muss, die ganze Nacht. Wir müssen auf alles vorbereitet sein. Sieh doch auf deine Uhr! Es ist fast halb zehn. Wir schnappen uns den Bus und machen uns auf den Weg. Unterwegs gehen wir ins Café und frühstücken.«

Thomas Wenzel hatte einen sehr viel schlechteren Start in den Tag als Peter und Stefan. Seine Gedanken rotierten im Kreise, denn er war für elf Uhr zum Obersten einbestellt worden. Ihm war klar, dass er pünktlich dort sein musste, und er ahnte, nein, er wusste, dass es noch immer um den Fehler ging, den er bereits vor vier Wochen gemacht hatte. Der Oberste war lange weg gewesen und erst am Vorabend zurückgekommen. Wer von ihm persönlich einbestellt wurde, hatte in der Regel mit nichts Gutem zu rechnen. Wo der Oberste gewesen war, wusste Thomas, der mit internem Namen Ludipus hieß, nicht. Das wusste, wenn überhaupt, nur Ambrosius, der erste Adjutant. Ihre Religionsgemeinschaft war streng hierarchisch, fast schon militärisch aufgebaut, und dass Thomas einen internen Namen besaß, war schon ein Zeichen, dass er innerhalb der Gemeinschaft bereits einen Rang erreicht hatte, der über den des allgemeinen Fußvolks weit hinausging. Zu diesem Volk gehörten Männer und Frauen der untersten Stufe, die für alle notwendigen Arbeiten innerhalb des Klosters zuständig waren. Sie trugen Nummern zu ihren bürgerlichen Namen. Darüber rangierten die, die als Bettelmönche und -nonnen durch die Straßen der umliegenden Gemeinden zogen. Sie durften die Nummer durch einen Buchstaben ergänzen. Auf der nächsten Stufe der internen Karriereleiter kamen die zwölf Rudelführer wie Thomas einer war. Er hatte seine Buchstaben- und Zahlenkombi durch einen Namen, der auf »-us« enden musste, ersetzen dürfen. Sie hatten die Bettler anzuleiten, wenn kein ranghöheres Mitglied anwesend war. Oberhalb von ihnen gab es noch sechs Unteradjutanten, Carolus, den zweiten, Ambrosius, den ersten Adjutanten, und allen voran den Obersten. Diese drei benutzten ihre bürgerlichen Namen gar nicht mehr.

An all das musste Thomas jetzt denken, während er quer über den staubigen Hof am Brunnen vorbei zum Audienzraum des Obersten schlich. Dass ihn sein Rang keinesfalls vor Strafe schützte, wusste er, seit der Vorgänger von Carolus, der Marlatus geheißen hatte, in Ungnade gefallen war. Man hatte ihm seinen Namen genommen und auf die Stufe eines Bettelmönches degradiert. Da hatte Marlatus – oder Harald, wie er in Wirklichkeit hieß – aufgemuckt, und kurz darauf war er verschwunden. Ob sie ihn nur hinausgeworfen oder am Ende gar Schlimmeres mit ihm gemacht hatten, wollte Thomas, der mit seinen gut neunzehn Jahren schon fast drei Jahre dabei war, lieber gar nicht wissen. Zu sehr hing er an dieser Gemeinschaft, die ihm zur Familie geworden war.

Schließlich hatte er vorher bereits einige Zeit auf der Straße gelebt und sich mit Taschendiebstählen über Wasser gehalten. Als er versucht hatte, einer Mönchsgruppe der »Erleuchteten« die Einnahmen zu stehlen, war er Ambrosius aufgefallen und dadurch zu ihnen gestoßen.

Aber das alles war nun nicht mehr wichtig, da er die schwere Eichentür öffnete und in das angenehm temperierte Hauptgebäude trat. Hier in der Audienzhalle, wo der Oberste seine Untertanen empfing und wo auch zu Gericht gesessen wurde, herrschte im Gegensatz zu ihren Kammern purer Luxus. Gedämpftes Licht, Marmorboden und -säulen, ein Springbrunnen aus weißem Carrara-Marmor in der Mitte der Halle und dicke flauschige Teppiche nicht nur auf dem Boden, sondern teilweise auch an den Wänden. Ludipus hatte diesen Raum erst dreimal betreten. Zum letzten Mal, als er seinen Namen bekam.

Er wurde von Ambrosius an der Eingangstür abgeholt und in den hinteren Teil des Raumes geführt, wo eine Art Sitzgarnitur aufgebaut war, die aus einem langen Tisch mit Marmorplatte bestand. Am Kopfende befand sich der Thron des Obersten. Links und rechts davon standen die Sessel der Oberadjutanten und daran anschließend die der Unteradjutanten. Dem Thron gegenüber war der Platz des Angeklagten.

Ambrosius wies Thomas mit einer knappen Handbewegung an, sich hinter den Anklagestuhl zu stellen. Er selbst stellte sich hinter seinen Sessel, und ihm gegenüber stand bereits Carolus. Dann trat ER ein.

Der Oberste schritt mit weit wallenden Gewändern in die Halle und lud seine Adjutanten ein, sich zu setzen.

Ohne jede Hektik nahm auch er seinen Platz ein und sagte mit einer tiefen, sonoren Stimme, die gut mit der Stille und dem Dämmerlicht im Raum harmonierte: »Ludipus, setze dich.«

Mit zitternden Knien nahm Thomas ihm gegenüber Platz und sah schüchtern von Ambrosius zu Carolus, dann auf den Boden und wieder zurück zu Ambrosius.

»Sieh mich bitte an, wenn ich mit dir spreche!«, sagte der Oberste plötzlich so scharf, dass Thomas Wenzel vor Schreck zusammenfuhr.

»Ja, Meister.«

»Mit deiner unbedachten Aktion hast du die ganze Gemeinschaft gefährdet.«

»Leider. – Ambrosius hat mich dafür bereits bestraft.«

»Zwanzig Stockhiebe – ich weiß. Dir ist doch wohl klar, dass dies für eine solche Unbedachtheit eindeutig zu wenig ist? Normalerweise müsste ich dir dafür den Namen, den du auswählen durftest, wieder abnehmen und dich zudem ins Fußvolk degradieren.«

»Ich weiß«, setzte Thomas besonders demütig nach, senkte seinen Blick erneut und hoffte auf Gnade.

Prompt fuhr der Oberste ihn an: »Sieh gefälligst zu mir her!«, und nach zwei Sekunden eisigen Schweigens sprach er weiter: »Du hast Glück, dass wir im Moment wirklich Wichtigeres zu tun haben, als uns um dumme Jungs zu kümmern. Deshalb will ich nochmals Gnade vor Recht ergehen lassen. Du wirst zu weiteren dreißig Stockhieben und zu drei Tagen Arrest in der Dunkelzelle verurteilt. Hat jemand der anwesenden Beisitzer Einwände? Dann möge er sie jetzt vorbringen.«

»Nein, du hast weise gesprochen«, segneten Ambrosius und Carolus das Urteil ganz wie vorgesehen ab. Dann sah der Oberste zu seinem zweiten Adjutanten hin und sagte: »Carolus, du bringst Ludipus zu den Arrestzellen und suchst dir zwei kräftige Leute aus dem Fußvolk, die ihm je fünfzehn Stockhiebe versetzen. Bring ihn jetzt fort. Ambrosius bleibt noch hier, denn ich habe mit ihm etwas zu besprechen.«

Etwa zur gleichen Zeit, als das Urteil über Thomas Wenzel gesprochen wurde, kamen Peter und Stefan am Waldrand nordwestlich von Maibach an. Ihr alter VW-Bus, den sie erst kürzlich für Beschattungen jeder Art angeschafft hatten, war als Handwerkerfahrzeug bestens getarnt. Es sollte in naher Zukunft mit allerlei Abhör- und Beobachtungsmaterial ausgestattet werden.

Sie hatten den Wagen auf einem Hügel durch die Bäume gut abgeschirmt und etwa einen Kilometer entfernt geparkt, sodass sie einen fast ungehinderten Blick auf das Klostergelände hatten – hoch genug gelegen, um über die Außenmauer hinweg gute Sicht auf Hof und Gebäude zu haben – aber selbst von dort aus kaum gesehen werden konnten. Peter starrte schweigend schon eine ganze Weile durch das neue Präzisionsfernglas auf den Klosterhof, als Stefan ungeduldig fragte: »Was gibt es denn da unten Interessantes zu sehen, dass du starrst und nicht aufhören kannst? Legen da etwa ein paar Nonnen einen flotten Striptease aufs Parkett? Dann lass mich auch mal ran.«

»Moment mal … sieht gerade so aus, als ob jemand abgeführt wird.«

»Stark, gib schnell her«, forderte Stefan und sah gerade noch, wie zwei Männer in einem Gebäude verschwanden.

Für einen kurzen Augenblick hatte es wirklich so ausgesehen, als ob der Ältere den Jüngeren in Gewahrsam genommen hätte. Aber konnte das wirklich so sein?

»Meinst du, die haben ein eigenes Justizsystem?«

»Zumindest sieht es so aus.«

»Wenn es bei denen so was gibt, heißt das, sie sind straff organisiert. Da wird nichts dem Zufall überlassen. Das bedeutet aber auch, dass da vielleicht noch so einiges mehr vor sich geht, wovon wir absolut nichts wissen.«

»Davon gehe ich aus«, sagte Peter nachdenklich. »Deshalb müssen wir dranbleiben. Ich habe in der vergangenen Nacht nicht sehr viel geschlafen, deshalb musst du erst mal übernehmen. Tausche bitte das Fernglas gegen die Videokamera aus und befestige sie am Stativ. Richte sie so ein, dass du möglichst viel vom Gelände und vor allem dem Hauptgebäude draufbekommst. Wenn wir wieder zu Hause sind, werten wir die Filme aus. Sollten wir, aus welchen Gründen auch immer, dort eindringen müssen, ist es besser, wir finden uns bei jeder Tages- und Nachtzeit blind zurecht.«

»Na, das kann noch heiter werden«, murmelte Stefan halblaut und schraubte die Kamera aufs Stativ.

Verena richtete unterdessen gerade Käsehäppchen her und bereitete die Ananasbowle vor. Sie tat es gern, obwohl Andrea es in ihren Augen eigentlich nicht verdient hatte, mit ihrem Lieblingsgetränk verwöhnt zu werden. Schließlich hatte sie sich in den letzten Jahren ziemlich rar gemacht und gerade einmal dazu durchringen können, Verena an ihrem Geburtstag kurz anzurufen und zu gratulieren. Wirklich ergiebig waren auch diese Gespräche nicht gewesen und im letzten Jahr sogar ausgefallen. Und nun tauchte sie so mir nichts, dir nichts ohne jede Vorwarnung aus der Versenkung auf.

»Ach, was soll's – sei nicht nachtragend«, sagte Verena zu sich selbst. »Freu dich lieber, dass deine Freundin zu Besuch kommt.«

Schließlich war Andrea Dehler während ihrer gemeinsamen Schulzeit in Frankfurt-Sindlingen stets sehr zuverlässig gewesen, sonst wäre Verena als junge Erwachsene niemals mit ihr in eine WG gezogen. Ihr Verhalten während der letzten Jahre passte einfach nicht dazu.

Gegen achtzehn Uhr hatte Verena ihre Vorbereitungen beendet, und da ihre Freundin erst um neunzehn Uhr kommen wollte, blieb ihr noch etwas Zeit, sich auszuruhen. Sie setzte sich vor den Fernseher und legte die Füße hoch. Um diese Zeit lief eine ihrer Lieblingsserien, die sie aber kaum noch zu sehen bekam, seit die Zwillinge auf der Welt waren. So kam es, dass ihr die Augen kurz zufielen, und als sie das nächste Mal auf die Uhr sah, rückten die Zeiger bereits vor auf halb acht. Von Andrea Dehler war weit und breit nichts zu sehen.

Die Wanduhr im Wohnzimmer zeigte gerade achtzehn Uhr dreißig, als Andrea Dehler im Bad vor den Spiegel trat. Sie war zufrieden mit dem, was sie darin sah. Sie hatte sich gut angezogen und zum ersten Mal seit Wochen dezent geschminkt. Sie war sicher, alleine in der Wohnung zu sein, dennoch sah sie sich unwillkürlich um, bevor sie es wagte, ihrem Spiegelbild zuzulächeln.

Ihr Freund konnte rasend eifersüchtig werden und würde unter Garantie ausrasten, wenn er sie so sähe. Markus Mautz vermutete ohnehin in jedem Schrank und hinter jeder Hausecke einen Rivalen. Selbst wenn sie nur zum Geldautomaten gehen wollte und, wie er es nannte, zu sehr aufgebrezelt war, konnte er sehr grob werden. Da sie ihn sehr liebte, hatte sie sich bisher auch dann, wenn er für seine Firma auf Geschäftsreise war, an seine völlig überzogenen Forderungen gehalten. Nun, was war ihr auch anderes übrig geblieben – hatte er sie doch, wenn er über Nacht wegmusste, eingeschlossen.

Vor zwei Wochen hatte sich das Blatt gewendet, als er plötzlich gesagt hatte: »Ich vertraue dir.«

Andrea war erst einmal ein kalter Schauer über den Rücken gelaufen, weil sie eine neue Bosheit vermutete. Dann aber hatte sie sich gefreut und gedacht: Endlich begreift er, dass ich ihm treu bin. Und als er ihr Anfang der Woche mitteilte, dass er zur Wochenmitte hin wieder über Nacht auf Montage musste, hatte sie beschlossen, endlich einmal Verena zu besuchen. Sie hatte schon lange ein schlechtes Gewissen ihr gegenüber, wenn sie daran dachte, wie gut sie sich immer verstanden hatten und wie sehr sie ihre Freundin in den letzten zwei Jahren vernachlässigt hatte. Markus musste es doch nicht erfahren. Zum Glück hatte sie sich bislang durchsetzen und ihr Auto behalten können, obwohl Markus eigentlich dagegen war. Aber dem Argument, dass sie schließlich auch einkaufen müsse, wenn er unterwegs war, konnte er sich nicht verschließen. Für einen kurzen Moment kam ihr der Verdacht, dass sie wieder einmal auf den falschen Mann hereingefallen war. Schließlich hatte auch ihre letzte Beziehung, für die sie extra nach Kassel gezogen war, schon nach wenigen Monaten im Fiasko geendet.

Doch dann schob sie ihre Bedenken beiseite. Mit Markus war alles anders, sagte sie sich. Als sie ihn vor über einem Jahr kennengelernt hatte, war er der liebevollste Freund gewesen, den sie jemals gehabt hatte.

Erst nachdem sie zu ihm nach Liederbach in die Gartenstraße gezogen war, hatte sich sein Verhalten ihr gegenüber allmählich zu ändern begonnen.

Andrea Dehler riss sich aus ihren Grübeleien, griff nach ihrer Handtasche und ging zur Wohnungstür. Gerade als sie nach der Klinke greifen wollte, wurde die Tür von außen ruckartig aufgestoßen und knallte krachend gegen die Wand. Im nächsten Augenblick stürmte Markus Mautz herein und pfefferte die Tür so heftig hinter sich ins Schloss, dass man es bestimmt im gesamten Treppenhaus des Hochhauses hören konnte.

»Hab ich mir's doch gedacht«, brüllte er zornig und trat dicht vor Andrea.

»Was ist denn los?«

»Stell dich nicht blöder als du bist, du Schlampe. Kaum dreht man dir den Rücken zu, takelst du dich auf und gehst auf Männerfang, du Hurenstück.«

»Aber Markus«, stotterte Andrea ganz perplex. »Ich wollte doch nur …«

»Was?«, fragte er leise, aber gefährlich scharf.

Andrea konnte nicht so schnell die Arme hochreißen, wie Markus ihr eine Ohrfeige versetzte, die ihren Kopf herumwarf.

Ihr schossen vor Schmerzen die Tränen in die Augen, und selbst wenn sie es gewollt hätte, hätte sie nichts mehr sagen können. Stattdessen schluchzte sie herzzerreißend, wobei ihr auch noch die Wimperntusche in die Augen lief und sie brennen ließ.

Es war beileibe nicht das erste Mal, dass er sie schlug, aber sonst hatten ihre Tränen ihn immer recht schnell zur Vernunft gebracht, und anschließend hatte es ihm so leidgetan, dass er sich am nächsten Tag mit einem Blumenstrauß entschuldigte. Dieses Mal jedoch verlor er vollends die Fassung.

»Was, du willst mir keine Antwort geben? Dann werde ich dir wohl Benehmen beibringen müssen.«

Wie von Sinnen begann er auf seine Freundin einzuprügeln, die Schritt für Schritt in Richtung Schlafzimmer zurückwich. In seiner Raserei war es ihm völlig gleichgültig, wohin er traf. Zuerst schlug er noch mit der flachen Hand zu, dann mit den Fäusten, und schließlich trat er sie sogar. Dazu schubste er sie mit kräftigen Stößen immer weiter ins Zimmer hinein. Als sie beim Bett angekommen waren und Andrea nicht mehr weiter zurückkonnte, stieß er sie so fest, dass sie strauchelte und mit dem Kopf gegen das massive eiserne Oberteil des Bettgestells schlug. Sie rutschte augenblicklich bewusstlos zu Boden.

Als sie wieder zu sich kam, fand sie sich mit Hand- und Fußschellen ans Bett gekettet und nahezu bewegungsunfähig fixiert. Markus saß rittlings auf ihrem Bauch und starrte ihr zornig ins Gesicht.

Will er mich am Ende vielleicht …, konnte Andrea nur denken, da sagte er schon zu ihr: »Gibst du mir jetzt endlich Antwort, wenn ich mit dir rede? Mit welchem Arschloch warst du heute Abend verabredet? So wie du dich aufgedonnert hast, muss das ja ein unglaublich geiler Bock sein. Wenn ich nicht so dringend wegmüsste, würde ich das bisschen selbst erledigen. Raus mit der Sprache, wie heißt die Drecksau? Wird's bald? Ich hab nicht ewig Zeit.«

Mit aller Kraft, die sie noch aufbringen konnte, sagte sie trotzig: »Die Zeit, mich zusammenzuschlagen, hast du dir doch auch genommen.«

»Wie, auch noch aufmucken? Warum willst du den Kerl schützen? Hast du noch nicht genug? Du kannst gerne noch eins in die Fresse haben. Also los, rede schon.«

»Ich würde dir deine Fragen alle beantworten, wenn du mich mal zu Wort kommen ließest. Wenn du es genau wissen willst: Ich wollte meine Freundin Verena besuchen, mit der ich vor einigen Jahren in einer WG …«

»Huren-WG, wie?«

»… gewohnt habe, und habe mich für den Abend etwas zurechtgemacht. Auch weil ich mich mal wieder selbst im Spiegel anschauen wollte. Das hast du wirklich gekonnt verhindert.«

»Wie bitte! Du willst mir in meiner eigenen Wohnung Vorschriften machen! Du bist wohl nicht mehr ganz bei

Trost. Um mich zu verarschen, musst du früher aufstehen. Verena, da lachen doch die Hühner!«

»Gewiss nicht«, schleuderte Andrea ihrem Freund an den Kopf. »Selbst denen ist das Lachen gründlich vergangen.«

»Jetzt halt endlich deine gottverdammte Fresse, du … du … Mistvieh!«, schrie Markus, und seine Stimme überschlug sich fast dabei. Dann hob er blitzschnell den Arm und schlug Andrea so fest ins Gesicht, dass ihre Lippe aufplatzte. Sie schrie schmerzerfüllt auf.

»Stell dich nicht so an, du Jammerlappen. Das bisschen Blut schadet dir gar nichts. Ich kann noch ganz andere Saiten aufziehen. Merk's dir gut.«

»Ich kann dir gerne die Telefonnummer von Verena geben. Dann kannst du sie selbst fragen.«

»Für solche Spielchen habe ich nun wirklich keine Zeit. Außerdem, wer sagt mir denn, dass du nicht lesbisch geworden bist? So wie du dich mir in letzter Zeit verweigerst.«

»Dann frag dich doch zur Abwechslung mal, woher das wohl kommt«, rutschte es Andrea unbedacht heraus.

Markus, der gerade angefangen hatte, sich etwas zu beruhigen, schrie erneut los: »Pass bloß auf, was du hier vom Stapel lässt.«

Doch dann hielt er plötzlich inne, sah auf seine Armbanduhr, stieg von Andrea herunter und rannte aus dem Schlafzimmer. Nur Sekunden später fiel die Wohnungstür polternd hinter ihm ins Schloss.

War er jetzt wirklich fort oder kam er gleich zurück, fragte sich Andrea, nachdem es einige Sekunden lang ruhig geblieben war. Was war in Markus gefahren? Ihr taten sämtliche Knochen weh, und die Lippe brannte höllisch. Aber was am schlimmsten war: Sie konnte nicht mal ins Bad auf die Toilette gehen. Für diese Freiheitsberaubung müsste sie den Typ eigentlich anzeigen – aber sie liebte ihn doch! Was sollte sie nur tun? Verena wartete doch auf sie, und sie kam nicht mal bis zum Telefon, um ihr abzusagen. Dieser elende Mistkerl! Da war selbst der Teufel noch freundlicher.

Inzwischen war die Dämmerung hereingebrochen, und die Mönche und Nonnen des Klosters hatten sich in ihre spartanisch ausgestatteten Kammern begeben, ganz so wie es von ihnen erwartet wurde. Es war nicht direkt verboten, bei Dunkelheit auf den Hof zu gehen, aber es wurde nicht gerne gesehen. Eigentlich war es ratsam, immer erst eine Genehmigung dafür einzuholen, denn an der Außenmauer patrouillierten Wachmänner, die schnell handgreiflich wurden, wenn ihnen etwas verdächtig vorkam. Wer aufgegriffen wurde und keine gute Begründung vorbrachte, was er dort tat, konnte enorme Schwierigkeiten bekommen. Lediglich die Adjutanten und Unteradjutanten genossen auch hier Privilegien. Die brauchten sie schon deshalb, weil der Oberste sie spätabends, wenn alle anderen schliefen, hin und wieder zu Besprechungen einbestellte.

So auch an diesem Abend. Es war inzwischen völlig dunkel geworden, und das Landgut lag wie ausgestorben da; nur im Audienzraum brannte noch Licht.

»Ambrosius, sind alle anwesend?«, fragte der Oberste.

»Ja.«

»Sehr gut, denn ich möchte euch darüber unterrichten, was ich in Argentinien und auf Sizilien erreicht habe. Außerdem teile ich euch meine Pläne für die nächsten Monate mit.«

Carolus sah ihm verwundert ins Gesicht, denn so etwas

war noch nie vorgekommen, und das machte ihm ein bisschen Angst.

Stefan und Peter hätten wer weiß was dafür gegeben zu wissen, was in diesem nicht allzu hell erleuchteten Raum, in dem die Personen selbst durch ihr Präzisionsfernglas nur schemenhaft zu erkennen waren, gesprochen wurde. Die Szene war gespenstisch, denn dieser Sektenguru, der sich von seinen Untertanen laut Claus nur Oberster oder Meister nennen ließ, war der Einzige, der gut zu erkennen war. Inszeniert wie eine Lichtgestalt, saß er mit seinem langen, wallenden weißen Bart und im weißen Gewand auf einer Art Thron und sprach zu seinen Jüngern. Zuerst leitete er die Sitzung ruhig und souverän. Je länger er jedoch sprach, umso wilder gestikulierte er.

»Schade, dass wir keine Abhörgeräte dabeihaben«, bedauerte Stefan.

»Wie hätten wir die denn auf dem Gelände installieren sollen?«, brummte Peter.

Eine weitere Stunde verging, ohne dass etwas Besonderes passierte. Peter wurde langsam müde und gähnte.

»Können die nicht mal was anderes tun, als immer nur reden?«, beschwerte Stefan sich.

»Langsam sollten wir Feierabend machen.«

»Wenn wir morgen wiederkommen, bringen wir jede Menge Technik mit. Vielleicht hast du …« begann Peter, dann hielt er inne: »Jetzt wird's interessant, der Oberguru telefoniert.«

»Ach nee.«

»Doch. Wie spät ist es eigentlich?«

»Gleich halb neun.«

Weitere zwanzig Minuten saßen die beiden Detektive

auf ihrem Beobachtungsposten, ohne dass sich nach dem Telefonat noch etwas tat.

»Verena sitzt jetzt mit Andrea zusammen, und die beiden schlürfen Ananasbowle«, murmelte Stefan mürrisch.

»Bist du neidisch?«

»Nein, nur durstig. Jetzt zwei, drei kühle Bierchen …«

»Bestechender Gedanke, aber halt – da unten tut sich was; da kommt jemand.«

»Wer?«

»Ein Wagen ist vor das Tor gefahren. Mit zwei Leuten.«

»Was die wohl um die Zeit hier noch wollen …?«

»Dieser Fuzzi da unten wird sie telefonisch herbeordert haben. Von wo, müssen wir noch rausbekommen.«

Peter nahm das Nachtsichtgerät, denn da Neumond war, war die Nacht so dunkel, dass kaum noch etwas zu erkennen war.

Nachdem er die Männer eine Weile beobachtet hatte, sagte er: »Wer die sind, kann ich dir vielleicht beantworten. Zumindest sehen die beiden alles andere als vertrauenerweckend aus.«

»Das könnten vielleicht die Schlägertypen sein, von denen Claus erzählt hat, dass sie gelegentlich in der Gesellschaft der ›Erleuchteten‹ gesehen werden.«

»Genau das vermute ich auch. Rechnen wir doch mal: Der Anruf wurde vor etwa dreißig Minuten getätigt. In der Zeit können die beiden nicht von allzu weit her gekommen sein – ein Anfahrtsweg über die Autobahn fällt eigentlich weg. Sie müssten von einem Ort kommen, der nicht weiter als fünfzehn Kilometer von Maibach entfernt ist.«

»Du denkst an das zweite Gehöft, von dem Claus gesprochen hat.«

»Genau. Wir müssen ihnen folgen, wenn sie wieder abfahren. – Sieh mal, da kommen sie schon wieder raus. Sie haben jemanden in ihrer Mitte. Es ist eine Frau.«

»Kannst du etwas erkennen? Ist es Melissa Ebert?«

»Nein, auf keinen Fall. Die Frau ist bestimmt einen Meter neunzig groß, Melissa dagegen kaum eins sechzig. Aber es sieht so aus, als würde die Frau regelrecht abgeführt. Die Typen werden ihr doch nichts antun? Da müssen wir dranbleiben. Stefan, rutsch auf den Fahrersitz.«

Stefan ließ den Motor des alten Kastenwagens zum Leben erwachen, was gar nicht so einfach war. »Mensch, Peter, was haben wir da für eine Gurke gekauft? Hätte ich mich nur durchgesetzt…«

»Meckern nutzt auch nichts, gib doch endlich Gas, oder soll ich dich ablösen?«

»Besser nicht.«

Der alte Lieferwagen rumpelte über einen Feldweg in Richtung Maibach zurück. Als sie die Straße endlich erreichten, trat Stefan das Gaspedal bis zum Bodenblech durch und wartete darauf, dass der Vortrieb einsetzte, aber der Motor stotterte erst kurz, und es tat sich kaum etwas.

»Wann ist der Wagen denn zum letzten Mal gewartet worden?«

»Frag mich was Leichteres«, knurrte Peter ungehalten. »Die Kiste hat eine ganze Weile bei dem alten Handwerker auf dem Hof gestanden; deshalb war sie ja so günstig.«

»Dir ist auch nicht mehr zu helfen. Was nützt so ein Vehikel bei einer Verfolgungsjagd, wenn du die Kiste auch noch anschieben darfst. Dann kannst du gleich zu Fuß gehen.«

»Idiot.«

»Na ja«, sagte Stefan mürrisch. »Wir sind schon einen Kilometer auf der Landstraße und haben gerade mal siebzig drauf.«

Dann kam das Ortsschild.

»Warum meckerst du mich denn andauernd an?«

Stefan tat, als hätte er das nicht gehört, und für einen kurzen Augenblick schien es so, als ob sie trotzdem noch Glück hätten. An der Ampel bei der Einmündung auf die Landstraße am Ortsende stand der Wagen der Sektenmitglieder und wartete auf Grün. Stefan ließ den Bus langsam hinter ihnen ausrollen und zog mit ihnen wieder an, als die Ampel freie Fahrt signalisierte.

Bis zur Abzweigung nach Bodenrod fuhr der Wagen langsam, fast schon gemächlich, vor ihnen her, aber kaum waren sie abgebogen, gab der Fahrer Gas, als ob der Teufel ihm auf den Fersen wäre.

»Ob die uns gesehen haben?«

»Weiß nicht«, gab Stefan grimmig zur Antwort.

Er ärgerte sich über ihr Fahrzeug, das, anstatt zu beschleunigen, eine Fehlzündung nach der anderen produzierte.

Kurz darauf verschwand der andere Wagen hinter einer Kurve, und als auch Stefan sie genommen hatte, lag die Straße leer und verlassen vor ihnen.

»Vielleicht finden wir sie doch noch wieder«, meinte Peter aufmunternd.

»Heute nicht mehr und morgen nicht gleich.«

»Sei nicht sauer, es kann nicht alles auf Anhieb klappen. Wir werden morgen auf jeden Fall eine bessere Ausrüstung mitnehmen. Ich werde mir die Nacht über Gedanken machen.«

»Vielleicht solltest du zur Abwechslung mal schlafen«, rutschte es Stefan heraus. »Oder, besser noch, den Bus auf Vordermann bringen. Das ist die schlimmste Krücke, mit der ich je gefahren bin.«

»Morgen übernehme ich das Steuer, versprochen.«

»Endlich mal ein vernünftiges Wort von dir.«

»Denk doch bitte mal darüber nach, wie lange wir heute schon unterwegs sind«, sagte Peter plötzlich.

»Sag ich doch die ganze Zeit, zu lange.«

»Quatsch, ich meine jetzt hier, auf dieser Fahrt.«

Stefan sah ihn verständnislos an. »'ne Viertelstunde etwa. Wieso?«

»Dann halt sofort an und pack die Karte aus.«

»Hätten wir einen der PKWs genommen, hätten wir ein Navi …«, begann Stefan, während er in der nächsten Parkbucht den Bus zum Stehen brachte. Dann reichte er seinem Freund die gewünschte Straßenkarte.

»Das hätte mir jetzt wenig genützt«, sagte Peter. »Bist du schon so müde, dass du die Zusammenhänge nicht mehr erkennst?«

Dann starrte er eine ganze Weile auf die detaillierte Karte und sagte anschließend langsam: »Wir sind, wie du sagst, schon fünfzehn Minuten unterwegs. Selbst wenn wir voraussetzen, dass die Typen zwei Kilometer Vorsprung haben, kann ihre Restfahrstrecke nicht mehr allzu weit sein. Die Entfernung, die man im Mittelgebirge in der verbleibenden Zeit zurücklegen kann, ist selbst mit einem starken Wagen recht begrenzt. Ich würde sagen, ihre Fahrt geht nicht viel weiter als bis Brandoberndorf, höchstens noch nach Weiperfelden, Espa oder Hasselborn. Wenn sie nach Usingen, Eschbach, Michelbach oder Butzbach gewollt hätten, wären sie kaum diese Strecke gefahren. Wenn sie aus dem zweiten Camp kommen sollten, hätten wir den Bereich, in dem es liegen muss, stark eingegrenzt. Oder was meinst du?«

»Scheiße. Darauf hätte ich auch kommen können. Ich bin wirklich müde, und deshalb solltest du zurückfahren.«

Es war wenige Minuten nach halb elf, als Peter den Bus durch die Breslauer Straße in Richtung Kelkheim-Münster lenkte. An der Krakauer Straße hielt er an und ließ Stefan aussteigen.

»Gute Nacht, schlaf dich gut aus. Wenn du zwischen neun und halb zehn im Büro bist, reicht das völlig. Du kannst ja überhaupt nicht mehr abschalten.«

»Du bist kein bisschen besser.«

»Das streite ich auch nicht ab.«

Während Stefan zu dem Mehrfamilienhaus schlurfte, in dem er mit seiner Familie lebte, wendete Peter und fuhr in Richtung Stadtmitte nach Hause.

Zum Glück ahnte er nicht, dass Stefan gerade so etwas wie eine Motivationskrise durchlebte. Nach dem Tief im vergangenen Herbst, als sie gut zwei Monate lang kaum Aufträge hatten, fühlte er sich nun, da sie sich vor Arbeit kaum noch retten konnten, wie ausgelaugt. Zumal die Sekretärin, die ihnen seit letzten November stundenweise bei der Buchführung behilflich gewesen war, seit kurz vor Ostern wegen ihrer Schwangerschaft ausgefallen war. So blieb zurzeit wieder einmal auch noch die gesamte Büroarbeit an ihnen hängen.

Nein, so kann das auf keinen Fall weitergehen, dachte Stefan, während er die Wohnung betrat. Mit unserer Buchführung muss eine dauerhafte Lösung gefunden …

Weiter kam er mit seinen Gedanken nicht, denn ihm fiel auf, dass es in der Wohnung verdächtig still war. War Andrea etwa schon gegangen? Das passte so ganz und gar nicht zu den beiden, die laut Verena in WG-Zeiten so manche Nacht durchgequatscht hatten. Kurz entschlossen betrat Stefan das Wohnzimmer. Tatsächlich war Verena alleine im Raum, saß in einem Sessel vor dem Fernseher und schlief.

Stefan trat zum Wohnzimmertisch hin und sah, dass die Bowle-Schüssel fast leer war.

»Na, ihr beiden habt es euch aber gutgehen lassen«, sagte er laut und nahm sich das Glas, das unbenutzt auf dem Tisch stand, um von dem in der Schüssel verbliebenen Rest zu probieren.

»Das schmeckt vielleicht gut«, sagte er laut, aber Verena bekam nichts mit und schlief weiter.

Kein Wunder, dachte Stefan. Nach diesem Alkoholkonsum bleibt niemand lange wach. Vorsichtig weckte er seine Frau und küsste sie auf die Stirn.

»Andrea, bist du doch noch gekommen?«, murmelte Verena im Halbschlaf, bevor sie die Augen aufriss und fast schon enttäuscht sagte: »Ach, du bist es.«

»Na danke«, sagte Stefan leicht eingeschnappt. »Ist ja toll, mal zu erfahren, dass Andrea einen Wohnungsschlüssel von uns hat.«

»Blödsinn«, konterte Verena, die nun wirklich wach war. »So hab ich das gar nicht gemeint. Ich hab den ganzen Abend auf Andrea gewartet, aber sie ist nicht gekommen …«

»Dann hab ich die Frau doch richtig eingeschätzt«, meinte Stefan. »Sie ist unzuverlässig.«

Er drehte sich um und ging in Richtung Schlafzimmer, während Verena den Tisch alleine abräumte. Dabei murmelte sie vor sich hin: »Wenn du das meinst – okay. Ich für meinen Teil glaube …« Oder hatte Stefan vielleicht doch recht? Sie räusperte sich und sagte laut: »Schatz, sei nicht so biestig und setze dich noch etwas zu mir. Soll ich uns einen Prosecco holen?«

Stefan, der im Schlafanzug auf der Bildfläche erschien, sah seine Frau freudestrahlend an.

»Gute Idee, aber das mach ich. Außerdem brauche ich noch eine Kleinigkeit zwischen die Kauleisten.«

4.

»Guten Morgen, mein Schatz«, rief Stefan fröhlich, als der Wecker am Morgen unerbittlich den neuen Tag einläutete, und sprang aus dem Bett.

Von seiner Niedergeschlagenheit am Vorabend war nichts mehr zu spüren.

»Aua, mein Kopf«, stöhnte Verena und blieb noch liegen.

»Ich mach das Frühstück; lass dir Zeit.«

»Ach, wie schön«, murmelte Verena. »Vielleicht sollte ich öfter mal einen trinken.«

Dann stand sie langsam auf und wankte ins Bad. Als sie die erste Tasse Kaffee getrunken hatte, erwachten so langsam ihre Lebensgeister wieder.

»Du hast doch viel Zeit, in Ruhe zu frühstücken, aber ich muss jetzt los, bevor Peter aus der Haut fährt. Es hasst Unpünktlichkeit.«

»Dann beeile dich mal.«

»Rufst du Andrea heute noch mal an?«

»Das muss ich mir noch gut überlegen.«

Während Stefan schnellen Schrittes durch den Park zur Frankfurter Straße eilte, fiel ihm ein, dass er eigentlich Peter überraschen und früher da sein wollte, um ihm bei den Vorbereitungen zu helfen.

Scheibenkleister, dachte er. Irgendwas ist dabei falsch gelaufen.

»Warte, Peter, ich helfe dir«, rief Stefan und rannte die letzten Meter die Straße hinunter, als er seinen Freund beim Beladen des Lieferwagens erblickte.

»Wenn man dem Partner nur den kleinen Finger reicht …«, brummte Peter.

»… dann nimmt er gleich die ganze Hand«, vollendete Stefan den Satz. »Guten Morgen.«

»Du bist gut«, schmunzelte Peter, dessen schlechte Laune nur gespielt war. »Es ist fast Mittag.«

»Übertreib es doch bitte nicht so«, hielt Stefan dagegen und wollte gerade mit anpacken.

»Das ist das letzte Stück, nicht mehr nötig.«

»Dann fahre ich.«

»Untersteh dich, dafür bin ich heute zuständig.«

»Okay, wie du willst.«

»Ich habe so einiges vorbereitet.«

Stefan sah ihn fragend an.

»Lass uns erst mal los, du erfährst unterwegs alles.«

Als sie auf der Autobahn waren, sagte Stefan: »Die Mühle hier scheint heute irgendwie besser zu laufen als gestern.«

»Kunststück«, prahlte Peter, »heute fahre ja ich.«

»Depp.«

»Na klasse«, gab Peter zurück. »Im Ernst, ich habe noch gestern Abend die Zündkerzen ausgewechselt. Aber was mich brennend interessiert: Haben die beiden Mädels noch zusammengesessen, als du heimkamst?«

»Nein, Andrea hat es vorgezogen, Verena zu versetzen. Aus Frust hat Verena die Ananasbowle alleine getrunken, aber sie war so freundlich, mir wenigstens ein Schlückchen zum Probieren übrig zu lassen. Dafür waren ihre Kopfschmerzen heute Morgen umso heftiger.«

»Warum soll es Verena da besser gehen als uns? – Aber nun Spaß beiseite, die Arbeit ruft. Sieh doch mal im Handschuhfach nach.«

»Ei ... eine Pistole«, stammelte Stefan. »Glaubst du im Ernst, es gibt eine Schießerei?«

»Mensch Stefan, bist du immer noch nicht wach? Schau bitte mal genauer hin. Ich weiß genauso gut wie du, dass wir beide urlaubsreif sind. Trotzdem müssen wir unsere fünf Sinne beisammenhaben, wenn wir es mit denen aufnehmen wollen.«

Stefan nahm die Pistole vorsichtig heraus und sagte verblüfft: »Das ist eine Signalpistole. Was wollen wir denn damit?«

»Keinesfalls Leuchtkugeln verschießen. Das Ding da habe ich schon vor einigen Jahren so umgebaut, dass man damit kleine Geräte über größere Entfernungen platzieren kann. In der vergangenen Nacht habe ich ein Abhörgerät und einen Peilsender entsprechend präpariert. Sie haften auf fast jedem Untergrund.«

Während Peter und Stefan Friedberg entgegenfuhren, nahm Verena das Telefon und versuchte, ihre Freundin zu erreichen. Andrea hatte ihr erzählt, dass sie, seit sie bei Markus wohnte, nicht mehr berufstätig war, denn die beiden wollten möglichst schnell eine Familie gründen und Kinder haben.

Verena wunderte sich einmal mehr darüber, dass Andrea offenbar den zweiten Schritt vor dem ersten tat, denn derart unorganisiert kannte sie die Freundin nicht. In ihrer gemeinsamen WG-Zeit war sie auch nicht gerade das

Musterbeispiel für Ordnungssinn gewesen, aber einfach so ihren Job aufzugeben, passte nicht zu ihr.

Nach dem dritten Versuch gab Verena vorläufig auf und rief stattdessen Annika an, Peters Lebensgefährtin und ihre inzwischen beste Freundin. Die nahm schon nach dem zweiten Klingeln ab, und Verena lud sie spontan zum Kaffee ein. Seit ihre Zwillinge mit den Großeltern im Urlaub waren, wusste sie gar nicht, was sie tagsüber so machen sollte – sie war es nicht mehr gewohnt, Zeit für sich zu haben. Da es Annika ähnlich ging – ihr Sohn Sven war gerade auf Klassenfahrt –, sagte sie zu Verenas Freude zu.

Als Markus spät in der Nacht sturzbetrunken nach Hause gekommen war, hatte Andrea zu zittern begonnen und nicht mehr damit aufhören können, bis der Morgen dämmerte. Nachdem er sich in voller Montur neben sie aufs Bett geworfen und fast augenblicklich zu schnarchen begonnen hatte, war sie, soweit es ihre Handfessel zuließ, ängstlich an den Bettrand gerückt und hatte ihren schlafenden Freund und Peiniger misstrauisch beäugt. Sie selbst konnte nicht eine Sekunde schlafen, und allerlei Gedanken geisterten durch ihren Kopf. Unter anderem dachte sie auch an Verena, die den ganzen Abend auf sie gewartet hatte und bestimmt stocksauer war.

Selbst wenn sie noch die Gelegenheit bekäme, ihrer Freundin zu erzählen, wie Markus mit ihr umsprang – falls sie es überhaupt noch hören wollte –, sie würde es nicht glauben, dass er Andrea trat und schlug, wie es ihm gerade beliebte. Oder Mutti und Papa? Nein, auch sie wären keine Hilfe, denn auch sie würden ihr kein Wort glauben. Sie hatten Markus vom ersten Augenblick an ins Herz geschlossen, als Andrea ihn mit nach Hause brachte. Er war ja auch echt süß, als sie sich kennenlernten. Was war nur aus ihm geworden? Und vor allem warum? Andrea verstand das einfach nicht. Ihre Vernunft sagte ihr, dass sie sich von ihm lösen musste, bevor es zu spät war, aber ihr Herz sprach eine andere Sprache. Wenn er ihr nur sagen würde, was los war. Vielleicht könnte sie ihm helfen. Wenn sie ganz besonders zärtlich zu ihm war, würde bestimmt alles wieder so wie früher.

Während sie hoffte und bangte, verging Stunde um Stunde, und obwohl ihr alle Knochen von Markus' Schlägen wehtaten, gab es Momente, da hätte sie sich am liebsten an ihn geschmiegt und ihn gefragt, warum er sie so mies behandelte.

Irgendwann, über all ihren Gedanken, musste sie dann doch eingeschlafen sein, und als sie wieder erwachte, war es bereits heller Tag. Plötzlich bemerkte sie, dass Markus nicht mehr neben ihr lag, und Panik erfasste sie.

Was war denn jetzt schon wieder? Was hatte sie falsch gemacht?

Doch schon im nächsten Moment kam ihr Freund so fröhlich ausgeschlafen ins Zimmer, als ob es den vergangenen Abend nie gegeben hätte.

»Guten Morgen, mein Schatz, hast du gut geschlafen?«

»Na ja, wie man's nimmt.«

»Also ich bin fit und ausgeruht.«

Er hat eingesehen, dass er zu weit gegangen ist, dachte Andrea und begann sofort wieder auf bessere Zeiten zu hoffen. Ohne ein weiteres Wort über die letzte Nacht zu verlieren, löste ihr großgewachsener, dunkelhaariger Freund die Handschellen und sagte: »Komm mit in die Küche; das Frühstück ist fertig.«

»Aua, tut das weh«, beschwerte Andrea sich unwillkürlich und rieb sich die schmerzenden Handgelenke.

Das reichte fast schon aus, um Markus' Laune erneut umschlagen zu lassen. Voller Kälte sagte er: »Das hast du dir ganz allein selbst zuzuschreiben. Wir werden das jetzt immer so machen, wenn ich nachts unterwegs bin oder auf Geschäftsreise muss. Außerdem denke ich darüber nach, ob ich dir nicht eine Glatze rasiere, auch wenn es schade um deine dunkelblonde Mähne ist. Aber so kannst du wenigstens nicht auf Männerfang gehen. Zieh dir was Frisches an, denn so zerknittert wie jetzt bist du eine Beleidigung für meine Augen. Und komm endlich in die Küche.«

Was hatte sie ihm nur getan, dass er so mit ihr umsprang? Vielleicht sollte sie doch …

Langsam und unauffällig begann sie sich der Wohnungstür zu nähern, und als sie an der einen Spalt breit geöffneten Küchentür vorbeikam, drang Markus' Stimme an ihr Ohr: »Das würde ich an deiner Stelle erst gar nicht probieren. Erstens ist die Tür abgeschlossen, und zweitens …«

Andrea blieb wie angewurzelt stehen und begriff einmal mehr, dass sie schon einen Schlussstrich hätte ziehen müssen, nachdem er sie das erste Mal geschlagen hatte. Doch war sie bislang immer wieder schwach geworden, wenn er am nächsten Tag mit Rosen ankam und sich zärtlich und wortreich dafür entschuldigte, was er tags zuvor angerichtet hatte. Dieses Mal war es anders.

Sie konnte nicht sagen, wie lange sie schreckensstarr im Flur gestanden hatte, wurde aber jäh in die Realität zurückgerissen, als Markus rief: »Komm jetzt endlich rein; ich will frühstücken.«

Gehorsam wie ein Lamm, das zur Schlachtbank geführt wird, trottete Andrea in die Küche und setzte sich ihrem Freund gegenüber an den Tisch.

»So ist es brav«, sagte er, als spräche er mit einem Hund.

»Los, jetzt iss endlich was. Du bist heute Morgen langsamer als eine Schnecke im Rückwärtsgang.«

Mechanisch und ohne lange nachzudenken nahm Andrea ein Croissant aus dem Brotkorb und biss hinein. Sie registrierte nicht einmal, dass er eingekauft hatte oder was sie da überhaupt verspeiste, so sehr war sie schockiert darüber, wie Markus sich ihr gegenüber an diesem Morgen verhielt. Während sie innerlich aufgewühlt ihre letzte Hoffnung aufgab, dass sich alles noch zum Guten wenden könnte, schien Markus sich wieder zu beruhigen.

»Dir ist sicher klar, dass du mein Vertrauen aufs Schändlichste missbraucht hast«, sagte er so ruhig, als redete er übers Wetter.

»Ja.«

»Wie ich schon sagte, werden wir das jetzt immer so machen, wenn ich auf Geschäftsreise muss. Das siehst du doch ein?«

»Ja.«

»Schämst du dich denn gar nicht, mich derart hintergangen zu haben?«

»Doch.«

»Okay, dann kann ich ausnahmsweise auf eine Bestrafung verzichten. Obwohl mir deine Antworten eigentlich zu einsilbig sind. Bist du satt?«

»Ja, bin ich.«

»Dann ist ja gut, denn ich muss noch mal weg. Komm bitte mit ins Schlafzimmer, damit ich dich fixieren kann!«

»Kann ich wenigstens mal zur Toilette gehen?«

»Weil ich meinen großzügigen Tag habe, bitte schön! Aber glaub bloß nicht, dass ich dich allein ins Bad gehen lasse. Nachher machst du noch ein Fenster auf und rufst um Hilfe.«

Scheiße aber auch, dachte Andrea, der hat mich wirklich durchschaut, als sie das Badezimmer betrat, während Markus an der Tür stehen blieb.

Wenig später trottete sie mit gesenktem Kopf hinter ihm her ins Schlafzimmer. Was er als Demut wertete, war in Wahrheit nichts als nackte Panik.

Nachdem er ihr die Hand- und Fußschellen angelegt hatte, verließ Markus triumphierend und mit sich zufrieden die Wohnung.

Auf dem Weg zu seinem Auto murmelte er: »Endlich scheint sie einzusehen, dass das alles nur zu ihrem Besten geschieht. Sie hat sich im letzten halben Jahr so sehr verändert, dass ich einfach so handeln muss.«

Dabei übersah er großzügig, dass er es war, der sich in erschreckender Weise verändert hatte. Sechs Monate zuvor, kurz nachdem Andrea bei ihm eingezogen war, war ihm wegen wiederholter Trunkenheit am Arbeitsplatz gekündigt worden. Kein Wunder, denn sein Job war es gewesen, Notfallreparaturen an Aufzügen auszuführen. Dazu hatte er gelegentlich auch in Aufzugsschächte klettern müssen.

Dass er seinen Arbeitsplatz verloren hatte, hatte Markus Andrea ebenso verschwiegen wie die Tatsache, dass er deshalb auch nicht mehr nachts auf Montage gehen musste.

Stattdessen war er weiterhin tagsüber und, wie früher, ein- bis zweimal pro Woche auch abends weggefahren. Statt zu arbeiten, hatte er immer mehr getrunken, und später, als das Geld knapp wurde, im Hinterzimmer einer Königsteiner Bar ein illegales Spielcasino besucht. Es dauerte nicht lange, bis er hoch verschuldet war und einige Mitspieler der übelsten Sorte angepumpt hatte. Und irgendwann hatte er dann zu viel aus dem Nähkästchen geplaudert. Er hatte erwähnt, dass er vor seiner Zeit als Aufzugsmonteur bei einer Firma für Alarmanlagen-Installationen gearbeitet hatte und sich bestens mit jeder Art von Elektronik auskannte. Das machte ihn für gewisse Kreise interessant, und er ging mit diesen Leuten auf Beutezug – wenn auch anfangs nicht ganz freiwillig, denn sie hatten ihn in der Hand. Inzwischen aber musste ihn, da der Rubel rollte und man seine Fähigkeiten schätzte, keiner mehr dazu überreden. Allerdings driftete er, seit er mit dieser Bande einbrechen ging, seelisch immer weiter ab.

Ihm selbst wäre niemals der Gedanke gekommen, dass es eine Verbindung zwischen seinem neuen Beruf und seinem Verhalten Andrea gegenüber geben könnte.

Er stieg in seinen alten Golf und brauste davon in die Nacht.

Gegen halb zwölf hatten Stefan und Peter wieder ihren Beobachtungsposten auf der Anhöhe bezogen. Dieses Mal mussten sie etwas näher an das Objekt heran, da selbst die beste Leuchtpistole ihr Abhörgerät unmöglich einen Kilometer weit in den Klosterhof transportieren würde. Deshalb tarnten sie zuerst ihr Auto. Dann machte Peter sich fertig, in die Höhle des Löwen zu gehen. Nun wusste Stefan endlich, warum Peter am Morgen in dieser sonderbaren Verkleidung mit Kniebundhosen, Wams und Tirolerhut aufgebrochen war. Hätte der nicht wieder einmal solch ein Geheimnis aus seinen Plänen gemacht, hätte auch Stefan sich entsprechend gekleidet.

Fröhlich pfeifend marschierte Peter Stettner den Hügel hinab, ohne sich noch einmal nach seinem Kompagnon umzudrehen. Das war vielleicht auch besser so, denn so sah er nicht die finstere Miene seines Freundes, der allein beim Bus zurückblieb.

Peter hatte an alles gedacht, nur nicht daran, Stefan rechtzeitig einzuweihen. Sogar einen Wanderstock schwenkte er forsch durch die Luft, während er auf den Zufahrtsweg zum Kloster hin einbog. Das Landgut war von einer hohen Sandsteinmauer umgeben, doch war er ziemlich sicher, bereits beobachtet zu werden, denn irgendwo gab es bestimmt einen Wachposten. So ging er direkt auf das große Tor zu, blieb aber kurz davor stehen und wischte sich demonstrativ den Schweiß von der Stirn. Die Signalpistole hatte Peter in der Hoffnung, eingelassen zu werden, nicht mitgenommen; nur das winzige Abhörgerät steckte in seiner Jackentasche.

Er wollte gerade gegen das Tor pochen, da wurde es auch schon aufgerissen.

»Was wollen Sie hier?«, fragte ein nicht gerade vertrauenerweckend aussehender Hüne mit einer ausgesprochen athletischen Figur.

»Nur was trinken.«

»Hier gibt's nichts.«

»Laut meinem Wanderführer gibt es hier auf dem Landgut die Gaststätte *Zum alten Bauern*, oder etwa nicht?«

»Nein, da irren Sie sich«, begann der Aufseher zuerst ruhig und freundlich, um dann in Sekundenbruchteilen umzuschwenken: »Jetzt scher dich zum Teufel, du alter Depp.«

Aber Peter ließ sich nicht beirren, streckte dem Mann einen zerfledderten Wanderführer entgegen und sagte mit etwas einfältiger Miene: »Das kann ich nicht glauben, hier steht es doch. Die Gaststätte ist wirklich nicht hier? Darf ich mich davon überzeugen?« Er trat einen Schritt weiter zum Tor hin, und es war keine Sekunde vergangen, da saß er auf dem Boden, denn der Torwächter hatte ihm blitzschnell einen kräftigen Stoß vor die Brust versetzt. Neben ihm lag ein in Stücke gegangenes Transistorradio, das Peter schon defekt von zu Hause mitgebracht hatte.

»Das werden Sie mir büßen! Mein Radio zu zerstören; ich werde Sie anzeigen. Damit kommen Sie nicht …«

Weiter kam Peter nicht, denn plötzlich schwang das Tor weit auf, und ein Mann mit cremefarbenem wallendem Gewand trat heraus und fragte: »Was ist denn das für ein Tumult? Kann ich helfen?«

»Dieser Mann hat mein Radio zerstört, nur weil ich etwas trinken wollte. Ich möchte gern die Polizei rufen!«

»Bitte?«, fragte der Mönch, der nur für einen kurzen Moment verunsichert schien, um dann souverän zu sagen: »Ich denke, das brauchen wir nicht. Wir können uns bestimmt einigen.«

»Ist hier etwa doch das Ausflugslokal *Zum* …«

»Nein, das ist hier nicht. Hier ist ein Kloster, schon seit einigen Jahren.«

»Oh, aber warum stehen denn keine Mönche bei Ihnen am Tor, sondern Brutalos, die durstigen Wanderern das Radio zerstören?«

»Na, na, Brutalos ist schon ein hartes Wort. Dennoch bitte ich für diesen ungestümen jungen Mann in aller Form um Entschuldigung. Um das Tor zu öffnen, braucht man schon kräftige Leute. Außerdem kommen nicht nur Wanderer hier vorbei. Wir brauchen diese Helfer zum Schutz unserer Mönche und Nonnen.«

»Ach so, und mit wem spreche ich jetzt?«

»Es geht Sie zwar nichts an, aber weil Sie so freundlich fragen, werde ich es Ihnen sagen. Ich bin Ambrosius, der Ad… Assistent des Obersten, unseres Herrn und Meisters. Darf ich auch fragen, wer Sie sind?«

»Ausnahmsweise, weil ich heute so gut gelaunt bin. Mein

Name ist Franz Staudinger. Ich bin Rentner, komme aus München und bin hier in Gießen bei meiner Tochter zu Besuch.«

»Dann mache ich Ihnen einen Vorschlag zur Güte. Ich ersetze Ihnen Ihr Radio, und zu trinken bekommen Sie auch etwas. Denn wem dürstet, dem sollte in einem Kloster auch geholfen werden. Außerdem machen wir einen kleinen Rundgang. Können wir uns so einigen?«

»Natürlich, das ist sehr nett von Ihnen.«

»Dann kommen Sie mal mit«, sagte Ambrosius, und Peter folgte ihm quer über den staubigen Hof.

Erstaunlicherweise waren kaum Mönche und Nonnen im Freien zu sehen. Das Klostergebäude, durch das sie schritten, wirkte still und kühl. Im ersten Stock betraten sie einen langgestreckten Raum, den Ambrosius als »Audienzraum« vorstellte. Mit geübtem Rundumblick erkannte ihn Peter als denjenigen wieder, den er und Stefan am Vortag durch das Fernglas beobachtet hatten. Gerade als sie sich an den langen, schweren Eichentisch gesetzt hatten, ging im Halbdunkel des hinteren Raumteils eine Tür auf.

Ein beeindruckend wirkender Mann mit schneeweißem Bart und ebenso weißem Gewand, von dem eine Art Leuchten auszugehen schien, betrat nahezu geräuschlos den Raum. Er sah Ambrosius fragend an, sagte aber kein Wort.

»Meister, das ist ein Wanderer, der sich hierher verirrt hat. Er suchte das Lokal *Zum alten Bauern*, das es hier früher einmal gab.«

Der Mann mit dem weißen Gewand, der ganz offensichtlich der sogenannte Oberste war, nickte kurz und verschwand genauso geräuschlos, wie er kurz zuvor gekommen war.

»Was möchten Sie trinken?«

»Weißbier werden Sie wohl nicht haben, oder?«

»Wer sagt das?«

Wie durch Zauberhand erschien kurz darauf eine junge Nonne in einem Gewand, das um einige Nuancen dunkler war als das von Ambrosius. Man schien also den Rang in der Gruppe auch am Farbton der Gewänder erkennen zu können.

Mit entsprechendem Befehlston trat Ambrosius ihr gegenüber auf, und nur wenige Augenblicke später stand das gewünschte Glas Weißbier vor Peter.

»Sie sehen, bei uns gibt es nahezu alles«, sagte der Adjutant des Obersten fast schon stolz, und Peter, der inzwischen wirklich eine trockene Kehle hatte, trank einen großen Schluck aus dem Glas.

Nachdem Ambrosius noch einige Minuten mit den Reichtümern des Klosterns geprahlt hatte – das Bier hatte Peter inzwischen geleert –, sagte er: »Nun zu dem Radio. Sind fünfundzwanzig Euro genug, um Sie über den Verlust des Gerätes hinwegzutrösten?«

»Machen Sie sich doch bitte keine Umstände. Das Gerät war, wenn auch ein Erinnerungsstück, doch sehr alt.«

»Nein, nehmen Sie nur, das geht schon in Ordnung. Wenn ich Sie anschließend allerdings bitten dürfte, das Kloster zu verlassen, wäre ich Ihnen sehr dankbar. Unsere Mönche und Nonnen müssen in Ruhe meditieren können.«

»Selbstverständlich.«

»Wohin wollen Sie denn nun wandern?«

»Zurück nach Butzbach, und von da aus nehme ich den Zug nach Gießen. Meine Tochter erwartet mich dort am Bahnhof.«

Stefan wartete schon sehnsüchtig, als Peter eine halbe Stunde später aus einer gänzlich anderen Richtung zum Bus zurückkehrte.

»Der Sender arbeitet gut.«

»Hast du was Interessantes gehört, nachdem ich weg war?«

»Nur dass deine Tarnung zu halten scheint. Wo nimmst du eigentlich immer diese Namen her?«

»Von Olli, er hat mich gut instruiert. Sogar das mit der Tochter in Gießen stimmt. Sie ist eine gute Freundin von Mona.«

Olli war ein gewiefter Computerspezialist und Hacker, der ab und zu für die beiden arbeitete.

»Und wenn die dort anrufen?«

»Lassen wir es drauf ankommen. Vielleicht sind sie nicht allzu misstrauisch, und vor morgen Abend ist die junge Frau sowieso nicht zu erreichen. Sie studiert in Gießen. Danach wären wir vermutlich Mikro und Sender los. Ich hoffe, dass wir bis dahin einiges mehr erfahren haben.«

Im gleichen Augenblick murmelte Stefan: »Das ist vielleicht interessant«, und gab Peter ein Zeichen, still zu sein, da er über seinen Kopfhörer einem Gespräch im Kloster lauschen wollte.

Dort war gerade jemand ins Zimmer gekommen, der als Carolus angesprochen wurde, und erklärte Ambrosius, dass die Angaben des Wanderers stimmten. Er fragte noch, ob er einmal dort anrufen solle, aber Ambrosius meinte, das sei nicht nötig.

»Du musst diesem Mönch gegenüber sehr überzeugend gewesen sein«, sagte Stefan grinsend.

»Diesen Ambrosius habe ich ganz schön eingewickelt;

das habe ich dort schon gemerkt. – Hast du den Recorder angeschlossen?«

Stefan stellte die Abhöreinrichtung auf das Autoradio und sagte: »Hätte ich gerne gemacht, wenn ich ihn gefunden hätte, aber wo hast du ihn hingestellt?«

»Da hinten im … scheiße, der steht noch im Büro. Dann müssen wir …«, brach Peter mitten im Satz ab und gab Stefan durch eine knappe Handbewegung zu verstehen, dass nun er einem abgehörtem Gespräch lauschen wollte.

Aus dem Lautsprecher des Autoradios drang Ambrosius' Stimme: »… dann müssen wir hier unsere Zelte also unwiderruflich abbrechen?«

Stefan nahm das Fernglas und sah, dass der Oberste, der inzwischen den Raum betreten hatte, sich seinem Adjutanten zuwandte und sagte: »Ja, leider. Mit dem Gut in Norddeutschland ist einiges schiefgelaufen. Wir werden unser Tätigkeitsfeld nach Süden verschieben müssen. Gut, dass ich in Vene…«

Gerade in dem Moment begann es im Lautsprecher zu rauschen, und als es vorbei war, war nichts mehr zu hören. Der Oberste hatte den Raum verlassen.

»Schade«, bedauerte Peter. »Das hätte ich zu gerne gehört.«

»Etwas angetan? Meinst du nicht, dass du es übertreibst?«, fragte Annika ihre Freundin Verena.

»Da stimmt was nicht, das spüre ich. Du hast keine Ahnung, welche Typen Andrea immer an Land gezogen hat. Außerdem bin ich mit einem Detektiv verheiratet, das prägt.«

Resignierend verzog Annika das Gesicht und schenkte Kaffee nach.

Sie tranken eine Weile schweigend, dann sagte Verena: »Ich ruf noch mal bei ihr an, das lässt mir keine Ruhe.«

»Tu, was du nicht lassen kannst, aber beschwer dich hinterher nicht bei mir, wenn alles nur blinder Alarm war.«

»Das nehme ich notfalls in Kauf. Aber ich würde mir ewig Vorwürfe machen, wenn wirklich etwas passiert wäre und ich nicht reagiert hätte.«

Wieder ließ sie es zehnmal klingeln, legte dann auf und versuchte es zwei Minuten später noch einmal.

Während sie dem Freizeichen im Hörer lauschte, dachte sie darüber nach, ob Annika nicht doch recht hatte. Gerade als sie auflegen wollte, bekam sie jedoch mit, dass auf der Gegenseite abgenommen wurde.

Verena schaltete vorsichtshalber den Lautsprecher ein, dann meldete sich auch schon kurz und knapp Andreas Freund: »Mautz.«

»Guten Tag, hier ist Verena Weimershaus. Ich bin eine alte Freundin von Andrea.«

»Ach nee. Um was … äh, geht es denn? Guten Tag erst mal. Was ist … denn passiert?«

Was ist denn das? dachte Verena. Diese Type stammelte ein konfuses Zeug zusammen, nur weil ich dort anrufe. Er wird doch nicht gerade …

Verena gestattete es sich nicht, den Gedanken zu Ende zu denken, und sagte stattdessen: »Ich möchte gern mit Andrea sprechen. Ist sie nicht da?«

»Ja, sie ist … äh, nein, ach was, natürlich ist sie da«, begann Markus unsicher, um dann loszupoltern: »Kann man denn nicht einmal einen ruhigen Tag mit seiner Freundin verbringen, ohne andauernd von irgendwelchen Leuten gestört zu werden?«

»Ja, aber …«, war alles, was Verena einwenden konnte, da

unterbrach Markus sie und seine Stimme überschlug sich beinahe: »So, und damit das nun ein für alle Mal klar ist, Andrea möchte in Ruhe gelassen werden, und wir wollen nicht andauernd von hysterischen Zicken wie dir in unserer Idylle gestört werden.«

»Idylle? Das soll mir meine Freundin selbst sagen. So einfach lasse ich mich nicht von Ihnen abwimmeln. Holen Sie bitte Andrea sofort ans Telefon!«

»Jetzt ist aber Schluss mit lustig!«, rief Markus Mautz, und Verena hörte ein schepperndes Geräusch. Offenbar hatte er das Mobilteil irgendwo hingeschleudert – aber die Auflegetaste nicht richtig gedrückt, und so blieb die Verbindung bestehen.

Markus kam ins Schlafzimmer geeilt.

»Deine Freundin ist das überdrehteste und frechste Geschöpf, das mir je untergekommen ist!«, fuhr er Andrea an. »Diese Frau hat doch einen an der Waffel. Blafft die mich vielleicht an, als ob ich sie belästigt hätte und nicht sie mich. Dieser hysterischen Ziege habe ich es aber gegeben. In Zukunft wirst du von dieser dummen Pute deine Ruhe haben, dafür habe ich schon gesorgt.«

»Aber Markus«, wagte Andrea leichtsinnigerweise zu sagen. »Wie kannst du denn nur so reden? Du kennst meine Freundin doch nicht.«

»Ich habe auch keinesfalls die Absicht, diese Schlampe kennenzulernen, mit der du wahrscheinlich auch rumvögelst«, brüllte Markus los und versetzte Andrea eine laut schallende Ohrfeige. »Damit ist jetzt für immer Schluss. Kein Wort mehr will ich über dieses Miststück hören. Hast du mich verstanden?«

Verena hatte gerade noch mitbekommen, dass die Verbindung weiterbestand, und sie und Annika hatten gelauscht, ob man nicht irgendetwas hören konnte, das Aufschluss darüber gab, was in dieser Wohnung vorging. So bekamen sie immerhin mit, dass Markus herumbrüllte und Andrea im Hintergrund leise etwas erwiderte. Zu verstehen war davon allerdings kaum etwas.

»Wenigstens wissen wir jetzt, dass Andrea noch am Leben ist«, sagte Verena erleichtert. »Mein Eindruck, dass dieser Markus Mautz sie ganz schön unter Druck setzt, war aber wohl richtig.«

»Ja, sieht wirklich ganz so aus«, gab Annika zu, und Verena fragte: »Soll ich auflegen?«

»Warte noch einen Moment.«

Kaum hatte Annika das gesagt, war durch die Telefonleitung ein lauter Knall zu hören, dann ein Klirren wie splitterndes Glas, und schließlich hörten sie ein Geräusch, das sie als das Drehen eines Schlüssels in der Wohnungstür deuteten. Dann wurde es still.

»Was sollen wir nur tun?«, fragte Verena.

»Wenn ich das wüsste«, gab Annika genauso hilflos zu. »Aber offenbar hat dieser Brüllaffe gerade die Wohnung verlassen.«

»Das glaub ich auch.«

»Dann leg auf.«

»Ich glaube, Andrea schwebt in Gefahr. Über kurz oder lang tut der Knallkopp ihr was an. Davon bin ich felsenfest überzeugt. Am liebsten würde ich mal schnell rüberfahren und nach dem Rechten sehen.«

Was Annika und Verena als das Zuknallen der Wohnungstür gedeutet hatten, war in Wirklichkeit die Balkontür, die von einer heftigen Windbö zugeschlagen worden war und dabei das Holztischchen, das Markus in die Öffnung gestellt hatte, mit umgerissen hatte. Dabei war auch eine Schneekugel, die er seiner Freundin in besseren Zeiten geschenkt hatte, zu Bruch gegangen.

Währenddessen saß Andrea im Schneidersitz auf ihrem Bett, was ihre Handfessel gerade noch so erlaubte. Sie starrte ihren Freund, der sich mit ihr im Schlafzimmer eingeschlossen hatte, mit weit aufgerissenen Augen an.

Was hatte denn das schon wieder zu bedeuten, dachte die junge Frau, und wilde Panik stieg in ihr auf.

»Und jetzt zu dir!«, schrie er sie unvermittelt und mit unbändiger Wut an, die Andrea, falls das überhaupt möglich war, noch mehr in Angst und Schrecken versetzte. »Ich sage es dir jetzt im Klartext, damit sogar du blödes Wesen es verstehst. Du wirst dich nicht mehr mit dieser dummen Kuh treffen. Ist das klar? Sie ist es doch, die dir all diese Flausen in den Kopf setzt.«

»Welche …«

»Das fragst du noch? Ihr geht doch bestimmt zusammen auf Männerfang, und wenn sich nichts Gescheites findet, dann treibt ihr es eben miteinander. Da du ein solches Geheimnis um diese Freundin machst, muss ich das annehmen.«

»A… aber Verena ist verheiratet und hat zwei Töchter.«

Markus trat so dicht an Andrea heran, dass sie seinen Atem im Gesicht spüren konnte, und sagte gefährlich leise: »Das eine schließt doch das andere nicht aus und war noch nie ein Hinderungsgrund. Nicht nur die, auch du bist ein verdammtes Flittchen, eine Schlampe, eine Hure. Du kannst dich getrost darauf verlassen, dass ich dir das noch austreiben werde.«

Noch während er die letzten beiden Worte herauspresste, begann er seiner Freundin fest ins Gesicht zu schlagen. Da er seinen scharfkantigen Ring nicht abnahm, riss bereits nach dem zweiten Schlag ihre linke Wange auf, und das Blut rann Andrea zum Kinn hinunter. Dennoch schlug er noch zweimal zu, bevor er innehielt, ihr ein Taschentuch entgegenstreckte und sie anfuhr: »Wie siehst du denn aus? Mach dir endlich das Gesicht sauber! Wenn ich dich so ansehe, wird mir speiübel!«

Während Andrea die Tränen aus den Augen schossen, spürte sie, wie der letzte Rest Liebe, den sie noch immer für ihn empfunden hatte, entschwand und sie dachte: Das wird es mir auch, wenn ich dich so sehe. Aber vor Angst, denn ich kann nicht mehr. Im Moment hatte er sie in der Hand, aber das konnte so nicht weitergehen. Vielleicht hätte sie ihre schöne Wohnung in Kelkheim erst mal behalten sollen. Wäre sie bloß nicht zu ihm gezogen. Damit hatte das Übel angefangen.

Plötzlich begann Markus hinterhältig zu grinsen, drehte sich wortlos um und verließ das Schlafzimmer. Nur zwei Minuten später kam er mit einer Rolle reißfesten Klebebandes in der Hand zurück.

»Das ist dafür, dass du mir nicht ständig Widerworte gibst. Du verstehst es anscheinend nicht anders. Außerdem kannst du dann nicht mehr schreien.«

Er klebte ihr den Mund zu, dann packte er die inzwischen völlig verängstigte junge Frau brutal am Arm, schleifte sie zur Heizung und kettete sie daran fest.

»Wenn du irgendeinen Laut von dir gibst oder sonst Krach machst, dann gnade dir Gott. Meine Geduld mit dir ist jedenfalls am Ende. So, und nun halt still, ich muss noch mal weg.«

Dann verließ er die Wohnung und ließ Andrea, die seit seinen letzten Worten wahre Todesängste ausstand, alleine zurück. Sie sah sich um, und dieses Zimmer, diese Wohnung, die ihr gemütliches Heim hätte werden sollen, kam ihr jetzt wie der Vorhof zur Hölle vor. Wenn sie noch eine Wahl gehabt hätte, sie hätte Markus auf der Stelle verlassen.

Markus war keine Minute zu früh gegangen, denn kaum hatte er das Haus verlassen, da sah er Verena und Annika die Gartenstraße entlangfahren und auf den Parkplatz vor ihrem Hochhaus halten. Er kannte Verenas BMW genau, denn seit Andrea das erste Mal von ihr erzählt hatte, hatte er Erkundigungen über diese Frau eingezogen. Nur einen Augenblick später stiegen die beiden Frauen aus. Dabei ahnten sie nicht, dass Markus Mautz hinter einem Busch verborgen stand und jeden ihrer Schritte misstrauisch beobachtete.

Diese dumme Pute, dachte der Mann. Der alten Kuh traute er ohne Weiteres zu, dass sie seine Andrea umgarnte und verführte. Jetzt brachte die sogar noch jemand mit. Wollten die es am Ende sogar zu dritt treiben? Wenn Andrea es wenigstens zugeben würde! Vielleicht könnte er es ihr dann verzeihen, denn die Initiative ging ganz eindeutig von diesen anderen Schlampen aus. Sonst wären sie hier nicht erschienen. Wenigstens konnte seine Freundin sich nicht bemerkbar machen oder gar mit ihnen abhauen! Dafür hatte er schon gesorgt. Es war wirklich ein guter Einfall von ihm, sie im Schlafzimmer zu fixieren.

Für einen kurzen Moment schwenkte seine triumphierende Stimmung in unbändige Wut um. Eigentlich hätte er das schon viel früher machen sollen, denn seitdem fraß dieses Miststück ihm aus der Hand. Und – wie heißt diese

Dreckshure noch? – Verena Weimershaus, sie bekam zu gegebener Zeit auch noch gezeigt, dass man so etwas nicht mit ihm machen konnte. Sie war sowieso an allem schuld.

Verena und Annika blickten etwas ratlos an der Häuserfassade nach oben.

»Im fünften Stock wohnen die beiden, in der Eckwohnung. Allerdings liegt ihre Wohnung auf der anderen Seite, und man sieht sie nur, wenn man um die Ecke geht.

Noch während die beiden Frauen um die Hausecke gingen, öffnete sich ein Fenster einer Erdgeschosswohnung, und gerade als Verena an der Fassade hinaufsah, streckte ein älterer Mann seinen Kopf aus dem Fenster und begann aus dem Hinterhalt zu keifen: »Reicht es nicht, dass die Leute aus dem Haus ihre Köter hier hinscheißen lassen? Müssen Sie auch noch auf der Wiese herumtrampeln, obwohl die Hausverwaltung erst letzte Woche größere Flächen nachsäen lassen musste?«

Verena wandte völlig erschrocken ihren Blick von der Fassade weg, dem Mann zu und wollte ihm antworten, aber Annika lief bereits in Richtung Parkplatz zurück. So verkniff sich Verena ihren Kommentar und folgte der Freundin.

Als sie sie eingeholt hatte, sagte Verena: »Lass uns schnell mal rauffahren. Vielleicht bekommen wir dort was raus. Ich hab ein verdammt mieses Gefühl im Magen.«

»Nicht nur du«, gestand Annika.

Nervös traktierte Verena einige Minuten später den Aufzugknopf, aber es dauerte eine gefühlte Ewigkeit, bis der reichlich altersschwach wirkende Lift endlich erschien und seine Tür ruckartig aufging. Ruckelnd, aber ohne

Zwischenhalt fuhren sie hinauf. Schnell bogen sie nach rechts in den langen Flur ein, der nach beiden Seiten vom Aufzug aus etwa gleich lang war. Vor der Tür mit dem Namensschild »M. Mautz & A. Dehler« blieben sie stehen und klingelten, aber nichts tat sich. Nach einer endlosen Minute versuchte Verena es erneut und horchte intensiv, ob irgendein Geräusch aus der Wohnung drang, aber alles blieb still. Deshalb klopfte sie erst leise, dann immer lauter.

»Andrea, bist du zu Hause?«

»Wer schreit denn hier so rum? Geht das auch ein bisschen leiser? Zustände sind das vielleicht!«, ertönte plötzlich eine wütende Frauenstimme hinter ihnen. Die beiden fuhren herum.

»Wer sind Sie denn?«, fragte Verena erschrocken.

»Der Schornsteinfeger bestimmt nicht«, zischte die alte Frau, die gerade mit zwei schweren Einkaufstaschen in der Hand den Flur entlang kam.

»Auch wenn Sie schlechte Laune haben, müssen Sie uns nicht gleich anmeckern«, gab Annika ungerührt zurück.

»Schlechte Laune? Die hat man bei solchen Nachbarn auch zu Recht.«

»Wie meinen Sie das?«, fragte Verena.

»Was sich diese jungen Leute hier erlauben, ist doch das Allerletzte. Dieser Krach und diese Plärrerei!«, keifte die Frau, und Annika konnte es sich nicht verkneifen zu sagen: »Sie sind auch nicht gerade leise, Frau ...«

»Preiss, Sieglinde Preiss – ich wohne drei Türen weiter«, sagte sie, Annikas Bemerkung offenbar überhört habend. »Und wer sind Sie?«

»Annika Fahrwaldt.«

»Verena Weimershaus. Ich bin eine Freundin von Frau Dehler.«

»Ach, Dehler heißt die junge Frau also. Schön, dass man das auch mal erfährt. Sich ordnungsgemäß vorzustellen haben diese jungen Leute ja nicht nötig.«

»Aber Sieglinde«, sagte da eine andere, nur unwesentlich jüngere Frau, die plötzlich im Flur stand und anscheinend gerade einkaufen gehen wollte. »Das sind doch nette junge Leute. Wenn du seit dem Tod deines Oskar nicht so verbiestert wärst, hättest du das längst bemerkt. Ich hab mich mit Frau Dehler schon öfters in der Waschküche unterhalten. Und ihr Freund, na ja, der kriegt nicht so oft den Mund auf. Aber er ist immer sehr höflich.«

»Das ist interessant, Frau … Wie heißen Sie eigentlich?«

»Roswitha Wolf, und ich wohne auch hier auf der Etage.«

»Danke«, sagte Verena, stellte Annika und sich vor und erklärte, was sie hier wollten und welchen Verdacht sie hatten.

»Etwas angetan? Aber nein«, sagte die Frau entschieden. »Die wirkten immer wie ein Herz und eine Seele.« Noch bevor Annika oder Verena darauf eingehen konnten, senkte sie ihre Stimme und sagte: »Und dabei sind sie nicht immer ganz leise, wenn Sie verstehen.« Sie zwinkerte ihnen verschwörerisch zu. Dann ließ sie Annika und Verena stehen, die ihr ungläubig hinterherstarrten. Sie klopften und klingelten noch mehrmals, ohne dass sich etwas tat.

Markus Mautz beobachtete aus sicherer Entfernung, wie Verena und Annika aus der Haustür traten und zu ihrem Auto gingen. Kaum waren sie gefahren, kam er aus seinem Versteck hinter dem Busch hervor.

»Tschüss, ihr Schlampen«, murmelte er hasserfüllt, »Mich kriegt ihr nicht klein. An meine Andrea kommt ihr nicht ran.« Ihm war eine Idee gekommen, wie er sie sich in nächster Zeit vom Hals schaffen konnte. Er schaute auf die Uhr, dann ging er entschlossen in das Gebäude zurück.

Auch Waltraud Dehler, Andreas Mutter, fing langsam an, sich Sorgen zu machen.

»Was ist denn bei denen nur los?«, sagte sie zu ihrem Mann. »Jetzt hab ich schon den ganzen Tag versucht, Andrea anzurufen. Es ist ständig besetzt. Mit wem telefonieren die denn andauernd?«

»Wirklich seltsam. Das ist doch nicht Andreas Art.«

»Mit Verena quasselt sie schon mal gerne länger. Aber trotzdem wird mir das langsam unheimlich.«

»Vielleicht ist das Telefon kaputt«, vermutete Paul. »Mach dich bitte nicht verrückt, Schatz. Andrea wird sich schon melden, wenn sie uns braucht.«

Genau das würde sie bestimmt nicht tun, dachte Traudl Dehler, denn ihre Tochter war schon immer ein sehr selbstständiges Kind. Da kam sie mehr nach Paul. Als Andrea nach Kassel gezogen war, hatte Paul zu seiner Frau gesagt: Freu dich doch mit ihr, aber Traudl hatte ganz schön gelitten. Umso froher war sie, als sie hörte, dass Andrea zurückkommt. Damals hatte sie gehofft, jetzt, da sie in Rente und diesen stressigen Verkäuferinnenjob im Main-Taunus-Zentrum los war, würden sie sich öfters sehen, aber na ja …

»Ich werde heute Abend oder spätestens morgen früh mal Verena anrufen«, sagte die Vierundsechzigjährige zu ihrem Mann, der kurz von der Zeitung aufsah, mit seiner Pfeife einige Qualmwolken ausstieß und »Mach das« murmelte.

Mit zufriedener Miene verließ Markus Mautz eine Stunde später sein Apartment und fuhr mit dem Aufzug nach unten. Er wählte nicht das Erdgeschoss, sondern den Keller.

Als sich die Lifttüren öffneten, sprang ihn jäh ein Hund an, der mit seinem Herrchen unten auf den Aufzug gewartet hatte, und Markus schrie kurz vor Schreck auf. Dann schob er sich verärgert an dem schwanzwedelnden Beagle vorbei und zischte: »Verdammtes Hundeviech.«

Der Hundebesitzer, Tobias Dürnbacher, der einen Stock unter ihm wohnte, grinste in sich hinein, während er Markus Mautz hinterherblickte, der seinen Kellerräumen zustrebte.

Schon länger fragte sich der Fünfundzwanzigjährige, was der Mann wohl andauernd im Keller arbeitete. Oftmals brannte dort bis spät in die Nacht Licht. Welcher vernünftiger Mensch hockte sich dort stundenlang in die Kälte?

Peter und Stefan hatten an diesem Nachmittag reichlich zu tun, denn das Abhörgerät arbeitete nach der kurzen Fehlfunktion am Mittag nun wieder einwandfrei. Sie hatten schon bald herausgefunden, dass die Oberadjutanten des Obersten, Ambrosius und Carolus, mit weitgehenden Vollmachten ausgestattet waren. Vermutlich war das auch deshalb so, weil sie ihm offensichtlich bedingungslos ergeben waren. Auch hatten die Detektive bereits tieferen Einblick ins Klosterleben bekommen, als es der Polizei jemals gelungen war. So wussten sie nun, dass der Oberste und seine beiden Gehilfen ihre Zimmer nicht bei den anderen Mönchen und Nonnen in den Nebengebäuden, sondern im Haupthaus hatten.

Wirklich interessant wurde es erst nach siebzehn Uhr. Zwar stand die Sonne schon sehr tief, und obwohl die inzwischen erleuchteten Fenster sich nun besser gegen die Dämmerung abhoben, konnten Peter und Stefan bei dem schummrigen Licht in den Räumen kaum mehr als Schatten und schemenhafte Gesichter erkennen. Doch was sie hörten, reichte vollkommen aus, sie zu elektrisieren.

Der Oberste hatte eine Sitzung einberufen, zu der auch die sechs Unteradjutanten gekommen waren, und der Boss sprach gerade: »Die Sache an der Weser ist leider völlig schiefgelaufen. Unsere Männer fürs Grobe hätten den Besitzer des Anwesens nicht so fest anpacken dürfen, dass er nicht mehr unterschreiben konnte.«

»Können die Bullen das bis zu uns zurückverfolgen?«, fragte einer der Unteradjutanten.

»Ich weiß es im Moment noch nicht; aber wir müssen auf der Hut sein.«

»Was heißt das konkret?«, fragte Ambrosius, dessen Stimme Peter sofort wiedererkannte.

»Damit ist wohl entschieden, dass wir unsere Expansionspläne in Deutschland nicht weiter fortsetzen und vorerst kein zweites Kloster eröffnen können. Somit kommt Plan B zum Einsatz.«

»Das heißt?«

»Ganz genau, der große Showdown. Sollten uns die Bullen noch dichter auf den Fersen sein, als ich fürchte, müssen wir ihnen auch unsere Helfer fürs Grobe als Kanonenfutter zurücklassen. Das wäre dann Plan C, aber davon brauchen die vorerst nichts zu wissen.«

»Wie die übrigen Brüder und Schwestern?«, fragte einer der anderen.

»Selbstverständlich, was sonst?«

»Okay«, meinte nun Ambrosius. »Was geschieht mit Melissa?«

Schlagartig und fast synchron saßen Peter und Stefan aufrecht.

»Die Kuh ist gemolken, und es hat sich rentiert. Was sollen wir noch mit ihr?«, erklärte der Oberste hinterhältig lachend, und es klang keineswegs so, als wollte er sie nach Hause schicken.

»Ich dachte, Sie wollten sie als …«

»Jaja«, unterbrach der Oberste seinen Untergebenen. »Aber die Welt ist voller schöner Mädchen. Wenn wir, wie ich fürchte, schnell aufbrechen müssen, sind unsere Plätze begrenzt. Schließlich muss noch eine Menge Bargeld mit. Da können wir sie beim besten Willen nicht brauchen.«

»Nehmen wir Ludipus mit?«

»Er ist zwar ein Naturtalent, und wir haben viel in seine Ausbildung gesteckt, aber was er sich in der letzten Zeit so alles geleistet hat, disqualifiziert ihn, an unserem Neuanfang in einem anderen Land teilzuhaben. Er ist einfach zu sorglos und dabei völlig eigensinnig. Also äußerstes Stillschweigen ihm gegenüber. Wenn er auch nur ahnt, dass er das Schicksal der anderen Jünger teilen soll, rennt er am Ende zu den Bullen und packt aus, bevor wir unsere Spuren ganz verwischen können.«

Danach wurde nicht mehr allzu viel Interessantes gesagt, und die Konferenz artete in einer Art Saufgelage aus.

»Sieh dir mal diese Schnapsdrosseln an«, sagte Stefan grinsend. »Ihre Jünger beten oder schlafen in ihren Kammern, und die hohen Herren lassen es sich gutgehen.

»Was hast du denn erwartet? Etwa dass sie auch beten und meditieren? Wohl kaum. Da brennen mir ganz andere Fragen auf den Nägeln.«

»Ich weiß. Zum Beispiel: Was haben sie mit Melissa Ebert vor?«

»Das zuallererst. Noch weitere?«

»Ist das ein Test?«

»Quatsch. Ich will nur wissen, ob du das Gleiche denkst wie ich.«

»Okay, was ist an der Weser passiert?«

»Richtig, weiter?«

»Wohin wollen die sich absetzen und wie schnell?«

»Bravo.«

»Welches Schicksal soll die Jünger ereilen, wenn sich die hohen Herren absetzen?«

»Super, nächste Frage.«

Im Stillen ärgerte sich Stefan etwas über den leichten Sarkasmus in Peters Stimme.

»Ich hab keine mehr. Was willst du noch hören?«

»Na, dann denk mal scharf nach.«

»Nein, jetzt bist du dran.«

»Na, Ludipus natürlich.«

»Ludipus? Warum interessiert der dich? Wozu soll es gut sein, unsere Zeit mit ihm zu verschwenden? Wir müssten vielmehr …«

»… ja, Melissa befreien, bevor sie ihr am Ende was antun. Trotzdem möchte ich diesen Ganoven, und nichts weiter sind zumindest die Führungsebenen dieser Sekte, ganz gern das Handwerk legen.«

»Ich auch.«

»Dann betrachte es doch mal so: Dieser Ludipus glaubt noch immer, mitgenommen zu werden, weil das bislang auch so geplant war. Wenn wir ihm die Augen öffnen und ihn umdrehen können, erfahren wir vielleicht mehr. Zum Beispiel wohin und vor allem auf welchem Weg die wegwollen. Wenn die Polizei von uns den entscheidenden Tipp bekommt, sie auf der Flucht stellen kann und ihnen das Geld abnimmt – das sie, wie du gehört hast, dabeihaben werden –, können vielleicht noch ein paar andere Verbrechen auf einen Schlag aufgeklärt werden.«

»Jetzt wo du's sagst«, sagte Stefan. »So weit hatte ich noch nicht gedacht.«

»Siehst du, das bedeutet aber auch, dass die Nacht für uns recht unbequem wird.«

»Wieso?«

»Glaubst du denn, ich fahre jetzt nach Hause? Ich will zur Stelle sein, falls sich noch was tut. Zur Not können wir morgen früh heimfahren.«

»Muss das sein? Hier in dieser Einöde zu übernachten!«

»Dir wird schon nicht langweilig werden; ich hab auch nichts von Schlafen gesagt. Es gibt viel zu tun. Da ich einen schrecklichen Verdacht hege, was mit dem großen Showdown gemeint sein könnte, dürfen wir diese Strolche keinen Augenblick mehr aus den Augen lassen.«

»Du meinst …«

»Genau. Das Ganze steht dichter bevor, als uns lieb ist. Wenigstens brauchen wir hier nicht zu darben. Alkoholfreie Getränke gibt's reichlich, und kalte Schnitzel mit Kartoffelsalat hat Annika mir mitgegeben. Außerdem haben wir genügend Arbeit. Ich werde mit Claus telefonieren, ob er etwas über diesen Vorfall an der Weser herausbekommen kann. Du rufst derweil unsere Frauen an und sagst ihnen, dass wir erst morgen heimkommen.«

»Immer muss ich die schwierigen Aufträge übernehmen.«

»Moser nicht, denn dafür darfst du dich auch als Erster ausruhen, sobald es dunkel ist. Ich behalte dann das Kloster zwei Stunden lang im Auge.«

»Wenigstens etwas.«

Als Verena und Annika in der Krakauer Straße zurück waren, blinkte der Anrufbeantworter. Verena drückte die Abspieltaste – und traute ihren Ohren nicht: Es war Andrea.

Sie entschuldigte sich mit leiser, aber gefasster Stimme für das unhöfliche Verhalten ihres Freundes vorhin. Aber sie müsse ein Treffen mit Verena fürs Erste absagen. Sie und Markus hätten eine kleine Beziehungskrise, um die sie sich erst einmal kümmern müsse. Heute wollten sie beide zu einem Versöhnungsessen ausgehen. Sie bat Verena, nicht mehr anzurufen, sie würde sich irgendwann wieder melden.

Verena ließ sich erschöpft auf die Couch fallen. Ihr schwirrte der Kopf vor lauter widersprüchlichen Informationen, die sie an diesem Tag über Andrea und ihren Freund erhalten hatte.

»Jetzt weiß ich gar nicht mehr, was ich glauben soll!«, sagte sie. »Was flunkert Andrea mir hier vor? Warum will sie mich abwimmeln?«

»Du kannst da heute nichts mehr unternehmen, Verena. Lass uns einen gemütlichen Abend verbringen. Wir können ja vielleicht morgen noch mal rüberfahren …?«

»Du hast recht, obwohl …«

Mitten in den Satz platzte das Klingeln des Telefons. Verena griff über die Sofalehne hinweg zum Hörer, hörte eine Weile zu und schaltete dann den Lautsprecher ein.

Annika hörte nun auch, wie Stefan sagte: »… ist es uns im Moment nicht möglich, unseren Posten zu verlassen und zu euch ins warme Bett zu kriechen. Es tut uns sehr leid.«

»Uns auch«, konterte Annika.

»Okay!«, stimmte Verena erstaunlich einsichtig zu. »Wir machen uns einen netten Abend.«

»Viel Spaß dabei.«

»Was sagt man denn dazu? Hat der Typ doch einfach aufgelegt, aber die Rechnung hat er ohne uns gemacht.«

»Wie meinst du das?«

»Stefan hat gestern eine Weinlieferung aus Italien erhalten und zwei Flaschen kalt gestellt. Was hältst du von einer Weinprobe?«

»Sehr viel.«

»Verdammter Mist«, fluchte Stefan. »Mitten im Gespräch hat mein Handy mich verlassen.«

»Wo ist es denn hingegangen?«

»Ins Kloster«, frotzelte Stefan.

»Deine Witze waren auch schon besser.«

»Kein Witz, denn der Akku ist auch leer – gerade jetzt!«

»Halb so wild, meins funktioniert ja noch. Zum Glück habe ich es heute Morgen geladen, und im Handschuhfach liegt Ersatz bereit.«

»Wenigstens etwas. Hat Claus dir Auskunft geben können?«

»Erst wollte er nicht so recht raus mit der Sprache, aber es ist auch möglich, dass sein Chef im Zimmer war.«

»Denkbar.«

»Deshalb habe ich gleich noch Olli angerufen.«

»Und?«

»Er hat gerade zurückgerufen. Ich bin mir nun ziemlich sicher, dass es um den Mord an einem Bauern geht, der seinen Hof nicht verkaufen wollte. Da haben sie ihn zu fest angepackt. Ein paar dieser finsteren Gestalten hat die örtliche Polizei festgenommen. Auf die Idee, dass die auspacken könnten, weil sie die Schuld nicht alleine auf sich nehmen wollen, werde nicht nur ich gekommen sein. Der Oberste ist doch nicht blöde. Er kann sich leicht ausrechnen, dass es seiner Bande, die sich als Tarnung eine Religionsgemeinschaft samt Kloster hält, sehr schnell an den Kragen gehen kann.«

»Stimmt wohl. – Wie spät ist es eigentlich?«

»Gleich halb neun.«

»Okay, dann mach ich mal kurz die Augen zu.«

»Tu das.«

Markus Mautz saß in seinem Keller, wo er noch reichlich zu tun hatte. Schließlich musste er morgen wieder mit seinem neuen Arbeitgeber zu einem Großeinsatz, und das konnte unter Umständen zwei Tage in Anspruch nehmen. In dieser Zeit wäre Andrea allein in der Wohnung. Vorhin hatte er sie zwar unter Androhung von Gewalt dazu gebracht, dieser anderen Schlampe auf den Anrufbeantworter zu sprechen und sie abzuwimmeln. Aber wer weiß, was sie anstellte, wenn sie allein war.

Du dumme Pute wirst dich nicht gerade freuen, wenn du diese Ketten hier siehst, dachte er, während er sägte und schweißte, aber anders geht es nun mal nicht. Du bist mein Besitz, und da werde ich es wohl kaum zulassen, dass du zu dieser Nutte rennst und es mit ihr treibst.

Warte nur, dachte Markus weiter. Du frisst mir schon noch ganz aus der Hand. Warum begreifst du eigentlich nicht, dass ich es nur gut mit dir meine?

Erst spät in der Nacht packte er sein Werkzeug zusammen, nahm das Ergebnis seines Schaffens mit und fuhr hinauf in den fünften Stock.

5.

Sehr früh am Donnerstagmorgen, es war noch nicht einmal halb sieben, weckte Markus Mautz seine Freundin. Er tat das erstaunlich, fast schon verdächtig sanft, was Andrea Dehler bereits wieder in Angst und Schrecken versetzte. Zu Recht, wie sich bereits einige Minuten später herausstellen sollte.

Als er ihre Fesseln gelöst und sie zum Frühstückstisch geführt hatte, sagte er zu ihr: »Heute muss ich auf eine zweitägige Dienstreise gehen. Dass ich dich nicht nach Lust und Laune in der Wohnung herumspazieren lassen kann, ist dir hoffentlich klar. Am Ende lässt du mir wildfremde Kerle hier rein oder rennst ihnen wie eine läufige Hündin nach. Oder was noch schlimmer wäre, du treibst es mit dieser Verena in unserem Bett.«

»Aber Markus«, rief Andrea entrüstet. »Was denkst du von mir? Ich habe dir nie Anlass zur Klage gegeben, denn ich war dir immer treu. Ich hab nie einen anderen Mann angeschaut.«

»Dafür eine Frau, was, aber das wäre ja noch schöner. Jedenfalls kann ich es nicht riskieren, dir so viel Freiraum zu lassen. Frühstücke jetzt ordentlich, denn du wirst längere Zeit ohne Nahrung auskommen müssen. Dann gehen wir noch mal ins Schlafzimmer.«

Allein diese Ankündigung trieb ihr bereits den Angstschweiß auf die Stirn, und augenblicklich war sie nicht in der Lage, auch nur einen Bissen zu essen. Wenn er diesen Satz sagte, hatte das nie etwas Gutes zu bedeuten. Oft genug schlug er sie dann windelweich und nahm sie anschließend mit Gewalt.

Dass sie zehn Minuten lang vor ihrem Brötchen saß und es nicht anrührte, brachte Markus schon wieder in Rage. »Bitte, wie du willst!«, sagte er. »Musst du eben hungrig bleiben.« Mit diesen Worten packte er sie brutal am Arm und zerrte sie in Richtung Schlafzimmer.

»Darf ich wenigstens noch zur Toilette gehen?«

»Ich will mal nicht so sein, aber viel Zeit hab ich nicht. Also Beeilung.«

Resignierend und gehorsam wie ein Schaf erledigte sie ihr Bedürfnis und ließ sich dann ins Schlafzimmer führen. Dort stieß Markus sie so unvermittelt und fest aufs Bett, dass sie nicht mal auf die Idee kam, sich zu wehren. Er drehte sie grob auf den Rücken und band ihre Hände und Füße mit dem reißfesten Isolierband, mit dem er sie so gern fesselte, am Bettgestell fest.

Er ging dabei noch brutaler als sonst vor. Sofort schossen ihr Tränen des Schmerzes in die Augen, und sie bekam erst mit einigen Sekunden Verspätung mit, dass er nicht nur ihr Nachthemd zerrissen hatte, sondern ihr auch den Slip ohne jedes Mitgefühl herunterriss. Dann warf er sich auf sie und drang mit heftigen Stößen tief in sie ein.

»Du tust mir weh«, wimmerte Andrea, aber Markus meinte nur höhnisch: »Das ist auch der Zweck der Übung. Wenn dir die Muschi wehtut, kommst du nicht auf dumme Gedanken.«

Doch plötzlich, mitten im Akt, ließ er von ihr ab, stand auf und zog sich an.

»Für heute reicht's, denn leider muss ich weg und bin schon spät dran.«

»Soll ich vielleicht so hier liegen bleiben?«

»Was sonst? In zwei Tagen bin ich wieder da.«

»Und wenn ich auf's Klo muss?«

»Pech gehabt – würd ich mal sagen.«

»Was bildest du dir eigentlich ein?«, schrie ihn Andrea mit dem Mut der Verzweiflung entgegen. »Ich bin doch nicht deine Sklavin!«

Doch damit hatte sie schon wieder einmal zu viel gesagt. Fast schon reflexartig fuhr er herum, holte aus und schlug ihr gerade so fest ins Gesicht, dass ihre Nase leicht zu bluten begann. Dann stieß er seinen Handballen so fest gegen ihre Stirn, dass Andreas Kopf, den sie etwas angehoben hatte, gegen das Bettgestell zurückgeschleudert wurde und sie vor Schmerz fast das Bewusstsein verlor.

Wieder wimmerte sie, aber Markus sagte höhnisch: »Halts Maul, stell dich nicht so an.«

Er war schon immer sehr dominant gewesen, und anfangs hatte ihr seine bestimmende Art auch gefallen, aber Andrea konnte nicht verstehen, was passiert war, dass er sich so sehr gedreht hatte und zu einem Monster mutiert war.

Ohne so recht zu wissen, was sie tat, begann sie laut um Hilfe zu rufen, wurde aber durch eine weitere Ohrfeige sofort wieder zum Schweigen gebracht. Er hatte erneut so fest zugeschlagen, dass ihr die Tränen kamen, und als sie sich wieder beruhigte, wollte sie nochmals um Hilfe rufen, aber da verschloss ihr bereits das stabile Isolierband den Mund.

»Jetzt ist Schluss mit dem albernen Geflenne, wenn ich noch einen Ton von dir höre, betäube ich dich so wie gestern Abend.

Erschrocken und angewidert starrte Andrea ihren Freund, der ihr längst zum Feind geworden war, an, denn nun war ihr klar, warum sie in der vergangenen Nacht zum ersten Mal seit Wochen wieder durchgeschlafen hatte. In ihrem Grapefruitsaft, den er ihr spät am Abend eingeflößt hatte, waren Schlaftabletten aufgelöst gewesen. Deshalb hatte er so sonderbar geschmeckt.

Markus ließ den Rollladen im Schlafzimmer herunter, verriegelte ihn außen und schloss dann das Fenster ab. Den Schlüssel steckte er ein.

»Damit du nicht auf dumme Gedanken kommst«, sagte er hinterhältig und verpasste ihr als Nächstes eine Fußfessel, mit der sie nur bis zur Toilette neben dem Schlafzimmer kam. Aber er hatte peinlich genau darauf geachtet, dass sie weder eines der Fenster noch die Wohnungstür erreichte. Ihre Hände fixierte er ihr so auf den Rücken, dass sie mit einigen Verrenkungen in der Lage sein würde, das Toilettenpapier zu erreichen.

»Ich hoffe, dass du während meiner Abwesenheit hier nicht alles schmutzig machst. Schließlich ist das meine Wohnung. Eigentlich wollte ich dir den Funkkopfhörer sowie die Fernbedienung geben und die Wohnzimmertür offen lassen, damit du etwas Beschäftigung mit der Glotze hast, aber so wie du dich aufgeführt hast, muss Strafe sein. Denk stattdessen mal darüber nach, wie du dich zu benehmen hast.«

»Das würde ich dir auch mal empfehlen«, schleuderte Andrea in ihrer Verzweiflung Markus entgegen. Mittlerweile war ihr alles egal, und sie betete, das hier einigermaßen heil zu überstehen.

»Bevor ich gehe, werde ich dir reichlich zu trinken geben, damit du nicht vertrocknest, bis ich zurück bin.«

»Und was ist mit Essen?«

»Auch noch frech werden. Ich kann auch anders.«

Dann ging er hinaus, kam mit einer Flasche Wasser zurück und flößte ihr das abgestandene Getränk, aus dem jegliche Kohlensäure längst entwichen war, ein.

»Tschüss jetzt. Das Licht im Bad lass ich brennen.«

Zwei Minuten später hörte Andrea, wie die Wohnungstür von außen verriegelt wurde und Markus den Flur entlangrannte.

Endlich ist er weg, dachte Andrea aufatmend. Lieber verrotte ich hier, genauso wie du die Wohnung vergammeln lässt. Wenn ich hier zu Grunde gehe, muss ich wenigstens deine Fratze nicht mehr sehen und deinen keuchenden Atem spüren, wenn du mich … ach Scheiße, sie lag immer noch splitterfasernackt auf dem Bett. Das Nachthemd war ein Fall für den Mülleimer, und ihr Slip lag irgendwo am Fußende. Wenn sie jemand hier so finden würde? Nicht auszudenken …

Plötzlich schüttelte sie ein heftiger Weinkrampf, und sie konnte sich lange nicht beruhigen.

Erst eine ganze Weile später wurde sie wieder ruhiger und dachte darüber nach, wie lange denn dieses Martyrium noch weitergehen sollte. Ihr ganzes Leben etwa? Denn wer sollte sie hier finden? Verena vielleicht? Nach der Nachricht, die sie Markus gezwungen hatte aufs Band zu sprechen, musste ihre Freundin den Eindruck haben, sie wolle nichts mehr mit ihr zu tun haben. Oder Mutti? Sie war nach ihrem letzten Streit bestimmt noch sauer, weil Andrea Kritik an ihrem zukünftigen Schwiegersohn geübt hatte. Und Papa? Der bekam, wenn er seine Sportzeitung hatte, sowieso nichts mit. Ich hab's vielleicht auch nicht besser verdient, dass ich nackt und angekettet hier liege und schlimmer behandelt werde als ein Kettenhund, dachte sie und spürte, wie die Tränen bereits wieder in ihr aufstiegen. In dem Moment fühlte sie zum ersten Mal weder Liebe noch Mitleid für den, der einmal ihr Freund gewesen war. Es war nur noch abgrundtiefer Hass in ihr.

Nach einer nicht gerade bequemen Nacht saßen Stefan und Peter zu einer Zeit, zu der sie sonst frühstückten, wieder auf ihrem Beobachtungsposten und ließen das Kloster nicht aus den Augen.

Die Sonne war gerade über die Baumwipfel emporgestiegen, da begann sich auch auf dem Klostergelände wieder etwas zu tun. Ambrosius fuhr nacheinander zwei Busse aus der Scheune. Danach traten etwa fünfzig Mönche und Nonnen aus einem der größeren Gebäude und warteten geduldig darauf einsteigen zu dürfen.

»Was haben die vor?«, fragte Stefan.

»Sieht aus wie ein Betriebsausflug. Vielleicht fahren sie zum Betteln.«

»Was meinst du, wie viele Leute dort unten leben?«

»Keinesfalls fünfhundert, wie Claus meint. Ich tippe auf höchstens die Hälfte«, sagte Peter.

»Ja, so ungefähr schätze ich das auch. Aber wohin bringen sie diese Leute jetzt?«

»Mir schwant jedenfalls nichts Gutes, und wir werden uns dranhängen. Vielleicht war ursprünglich ein Umzug des gesamten Klosters an die Weser geplant, und da daraus nun nichts mehr wird, folgt nun der große Showdown, von dem der Oberste gesprochen hat. Was immer das auch bedeuten mag.«

»Wie wollen wir das bewerkstelligen? Wir müssen erst

mal in Deckung bleiben, und bis wir uns nach unten vorgearbeitet haben, sind die weg.«

»Sei doch nicht immer so pessimistisch, Stefan. Dafür haben wir unseren Peilsender.«

»Wie willst du den an einen der Busse bekommen? Dranschießen?«

Die eigentlich ironisch gemeinte Frage löste bei Peter aber nicht das erwartete Grinsen aus, sondern veranlasste ihn zu sagen: »Ganz genau, und du wirst mich dabei dirigieren.«

Stefan sah seinen Freund verständnislos an, und der schob schnell nach: »Nimm mal das Fernglas hoch, denn wir müssen schnell und vor allem präzise arbeiten. Ich erkläre dir kurz den Ablauf.«

»Schieß los.«

»Siehst du die alten hölzernen Strommasten dort unten? Nimm den, der etwa zwanzig Meter neben dem großen Tor steht, ins Visier. Wenn die Hinterachse des zweiten Busses exakt auf der Höhe des Mastes ist, sagst du: ›Jetzt!‹, dann schieße ich auf den Bus. Ich habe gestern, als ich im Kloster war, auf dem Weg ein riesiges Schlagloch entdeckt. Da knallen die Busse unweigerlich rein. Wenn das Andocken des Minisenders genau in dem Moment erfolgt, hören die Insassen den Aufschlag nicht. Wenigstens hoffe ich das.«

»Das sind gut und gern achthundert Meter! Das schafft die Signalpistole im Leben nicht.«

»Diese schon.«

Stefan hätte gerne noch mehr gefragt, aber dazu blieb keine Zeit mehr, denn in dem Augenblick setzten sich die Busse in Bewegung. Er nahm das Fernglas hoch und visierte den Strommast an.

Die Mönche und Nonnen in den Bussen waren aufgeregt. Schließlich ging es, wie man ihnen gesagt hatte, zu einem gemeinsamen Camp mit einem anderen, kleineren Kloster. Ein Treffen mit einer neuen Zelle der »Erleuchteten«!

Dass diese angeblich neue Zelle in Wirklichkeit das in Polizeikreisen berüchtigte Geheimcamp war und es sich bei den vermeintlich neuen Glaubensbrüdern um die Ganoventruppe des Obersten handelte, durften sie keinesfalls wissen. Genauso wie die Tatsache, dass das Grillfest, zu dem sie fuhren, ihr allerletztes werden sollte. Ein geschickt inszenierter Massenmord, der sich den Behörden als Unfall oder gar Massensuizid im Drogenrausch darstellte, sollte die Existenz dieser Sekte in Deutschland beenden. Genau wie der Oberste glaubte Ambrosius, der den zweiten Bus fuhr, diesen drastischen Weg wählen zu müssen, nachdem der Versuch, ein zweites Kloster zu gründen, so erbärmlich schiefgelaufen war. Schließlich hatten sich all diese naiven, so leicht manipulierbaren Männer und Frauen unter dem Einfluss der Sekte von ihren mehr oder weniger großen Vermögen getrennt. Darüber hinaus hatten sie nicht nur fast schon aggressiv gebettelt, sondern einige ganz besonders Einfältige unter ihnen hatten, im Glauben, Gutes zu tun, auf nicht immer ganz legalem Weg Geld für die Sekte besorgt.

Wären der Oberste und seine Leute einfach verduftet und hätten die Jünger sich selbst überlassen, wäre der ein oder andere wahrscheinlich noch irgendwann aus seinem religiösen Wahn erwacht und hätte so laut nach der Polizei gerufen, dass eine internationale Fahndung die logische Folge gewesen wäre. Da war es besser, wenn keiner zurückblieb, der noch irgendwas rufen konnte.

Dennoch konnte es passieren, dass einer von ihnen Lunte

roch, dachte Ambrosius mit Unbehagen, während er alle Hände voll damit zu tun hatte, den alten und schon etwas klapprigen Bus auf dem unbefestigten Weg in der Spur zu halten.

Hinten auf der letzten Bank sah Ludipus gerade aus dem Fenster, als ein leichtes Scheppern aus der Gegend des Radkastens an sein Ohr drang. Obwohl die Mönche und Nonnen im hinteren Teil des Busses sangen und einen infernalischen Lärm verursachten, hatte er es deutlich gehört.

Er ging nach vorne zu Ambrosius und sagte es ihm.

»Was meinst du?«

»Dieses Scheppern gerade.«

»Ich hab nichts gehört, aber wir sind in dieses riesige Schlagloch auf der Zufahrt geknallt. Wahrscheinlich sind die Stoßdämpfer dieses alten Klapperkastens damit heillos überfordert. Ich wollte eigentlich immer, dass dieser Weg ordentlich hergerichtet wird, aber das ist nun nicht mehr nötig.«

Inzwischen hatte Stefan den Kleinbus gestartet und fuhr die Anhöhe herunter.

»Bist du dir sicher, dass du weißt, wo die Busse im Moment sind?«

»Klar doch, denn ich habe das Signal. Schalt mal das Navi ein!«

»Brauche ich nicht, ich kenne mich auch ohne aus. Nur, seit wann hast du denn solch ein Gerät?«

»Wer dies Navi hat, wer dies Navi hat!«, stimmte Peter plötzlich laut und falsch einen Song aus der letzten Karneval-Saison an, der auf die Melodie von »Feliz Navidad« gesungen wurde.

»Ach du meine Fresse!« war alles, was Stefan dazu einfiel.

»Es ist auch kein gewöhnliches Gerät«, sagte Peter stolz und schaltete es selbst ein. »Ich habe es uns zum achten Firmenjubiläum geschenkt. Es ist gleichzeitig das Empfangsgerät für den Peilsender und zeigt auf der Karte an, wo sich das andere Fahrzeug befindet. Im Moment sind sie in Bodenrod. Gib endlich mal Gas!«

Die Zeiger ihrer Uhren rückten deutlich gegen Mittag, als Verena und Annika dank der vier Flaschen Wein, die sie getrunken hatten, erwachten.

Verena war noch immer sauer und verwirrt, weil sie Andreas Verhalten nicht einordnen konnte, und ließ ihre Wut erst mal an Stefan und Peter aus, die noch immer nicht nach Hause gekommen waren. Dann begann sie über Andrea herzuziehen.

»Verdammt noch mal«, fuhr Annika ihre Freundin ziemlich grob an. »So langsam reicht's mir mit deiner Launenhaftigkeit. Komm doch mal runter von deinem hohen Ross und denk zur Abwechslung mal darüber nach, was du zusammenredest. Stefan und Peter können ganz bestimmt nichts dafür, wie deine Freundin Andrea sich verhält. Es wäre außerdem gut, wenn du dich mal wieder beruhigst, denn wenn Andrea wirklich Hilfe braucht, bist du ihr in diesem Zustand ganz gewiss keine. Ich fahre jetzt mal nach Hause, denn mein Haushalt hat das nötig – deiner übrigens auch. Außerdem wollen wir ja heute Abend ausgehen, dann können wir uns noch ein wenig zurechtmachen.«

Sprach's, und kurz darauf fiel die Wohnungstür hinter ihr ins Schloss. Verena saß verdattert im Sessel und hörte kurz darauf Annikas Auto anspringen.

»Was habe ich denn jetzt wieder falsch gemacht?«, fragte

sie trotzig, blieb aber uneinsichtig, rannte ins Schlafzimmer und schob den übervollen Wäschekorb mit viel Getöse über den Flur zum Bad, wo die Waschmaschine stand und sich auf eine Ladung freute. Voller Wut pfefferte sie die Wäsche in die Trommel, schaltete die Maschine ein und ging anschließend in die Küche. Sie schenkte sich einen Kaffee ein und ging damit ins Wohnzimmer. Dort ließ sie sich erschöpft auf die Couch fallen und begann erneut über Andrea nachzudenken.

Eigentlich verdient sie es gar nicht, dass ich mir Gedanken über sie mache, dachte Verena, denn sie schert sich auch nicht um mich. Nicht einmal von Zeit zu Zeit anrufen konnte sie; selbst das war ihr zu viel geworden. Aber warum nur? Warum ist sie so geworden? Selbst als sie in Kassel wohnte, hatten sie regelmäßig Kontakt. Erst seit sie mit diesem Markus zusammen war, hatte sie begonnen, sich zu verändern. Vorher war sie die Zuverlässigkeit in Person. Aber halt, Annika hat gesagt, ich solle von meinem hohen Ross herunterkommen. Hatte sie sich denn auch so verändert? War sie wirklich so unausstehlich geworden, dass es Annika nicht mit ihr aushielt? Oder war das nur, weil ihr die Zwillinge so fehlten? Bald würden sie wieder zurück sein, und statt die gewonnene Zeit zu nutzen und sich einmal nur um sich selbst zu kümmern, verschwendete sie die kostbare Zeit mit Ärgern und sinnfreien Grübeleien. Sie würde unbedingt mit Andrea selbst reden müssen, bevor sie ihr die Freundschaft aufkündigte.

Während Verena sich nun auch um ihren Haushalt kümmerte, dachte sie trotzdem unentwegt über das Verhalten von Andrea nach und warum sie plötzlich jeden Kontakt abblocken wollte. Nach der gestrigen Irritation erschien es ihr wieder sicher, dass Markus es war, der diesen Kontakt

unterbinden wollte. Wahrscheinlich wollte er seine Lebensgefährtin für sich alleine haben und nicht mit der Freundin
teilen müssen. Er verstand wohl einfach nicht, dass ihm
dadurch kein Verlust entstanden wäre.

Ohne dass sie es so richtig merkte, drifteten ihre Gedanken ab nach Liederbach in die Heidesiedlung. Irgendetwas,
das sie gestern auf dem Weg um den Wohnblock gesehen
hatte, bevor sie ihren Rundgang abbrechen mussten, passte
nicht ins Bild. Aber was war das? Sie kam einfach nicht
drauf.

Peter und Stefan hatten noch vor Brandoberndorf den
Konvoi wieder eingeholt und rollten seit einigen Minuten
in gebührendem Abstand hinter ihm her. Zu ihrer Ver-
wunderung hatten die beiden Busse und die Luxuslimou-
sine des Obersten in der Ortsmitte des Taunusstädtchens
die Fahrtrichtung gewechselt und fuhren nun Hasselborn
entgegen.

Noch bevor Stefan und Peter dazu etwas einfiel, bogen die
Busse erneut ab. Gleich hinter der Eisenbahnunterführung
ging es schräg nach rechts die kurvige Straße auf eine Anhöhe hinauf. Die enge Kehre war für die recht langen Busse
eigentlich viel zu schmal. Dennoch wählten sie diesen Weg
durch ein mehrere Kilometer langes Waldstück hindurch.
Die Busse hatten nach der Steigung gerade wieder Fahrt
aufgenommen, da setzten sie erneut den Blinker und bogen
nach rechts in einen erstaunlich gut befestigten Waldweg
ein. Kurz darauf war der Konvoi zwischen den Bäumen
verschwunden.

Peter und Stefan passierten die Einmündung und ließen
ihren Wagen ausrollen.

»Wo die bloß hinwollen?«, fragte Stefan.

»Gleich wissen wir es, denn ich hab sie auf dem Bildschirm.«

»Wie? Du siehst sie über den Waldweg fahren? Ist das Kartenmaterial denn so genau?«

»Es ist auch ein Spezialgerät für Detektive, das heißt – für die Polizei.«

»Aha, das sagt mir alles. Bestimmt war es Claus zu schäbig, und er hat es aussortiert.«

»Nein. Aber frag besser nicht, wo ich es herhabe. Es ist das Vorgängermodell des aktuellen Polizeigerätes und mit drei Jahre altem Kartenmaterial ausgestattet.«

»Ach ja, Ausschussware.«

»Pass lieber auf, denn gerade haben sie angehalten. Ich weiß in etwa, wo die sind. Wende bitte und fahr fünfhundert Meter zurück. Wir nehmen den kleineren, aber ebenso gut befahrbaren Waldweg und schleichen uns von der anderen Seite her an.«

Stefan hielt sich an die Anweisungen und fuhr im Standgas, ohne viel Lärm zu verursachen, in den Wald hinein.

Peter beobachtete unterdessen angespannt den Monitor, und als sie eine Weile gefahren waren, sagte er plötzlich: »Stopp.«

Stefan hielt und sah ihn fragend an.

»Die sind auf einer Lichtung keine fünfhundert Meter vor uns stehen geblieben. Es soll dort ein altes Forsthaus geben. Wir schleichen uns leise an und beobachten erst mal aus der Deckung, was dort geschieht. Schließlich wissen wir nicht, was uns erwartet.«

»Ist das wirklich notwendig?«

»Ich fürchte ja. Nimm die Tasche mit den Kleinteilen mit.«

»Was ist da drin?«

»Lass dich überraschen.«

Stefan war sich sicher, dass Peter wieder einmal eine ganz besondere Wundertüte zusammengestellt hatte. So nahm er die Tasche aus dem Regal im hinteren Teil des Transporters – eine Hinterlassenschaft des früheren Besitzers, eines Handwerkers – und folgte seinem Freund, der bereits losgelaufen war. Lässig hängte Peter die Tasche um, die Stefan ihm reichte, und sie gingen langsam den Weg entlang, ohne sich Mühe zu geben, nicht gesehen zu werden. Erst als sie die Busse durch die Bäume schimmern sahen, verließen sie den Waldweg und suchten den Schutz des Unterholzes. Anschließend spähten sie mit ihren Ferngläsern in Richtung Waldlichtung, und als sie einander wenige Minuten später ansahen, waren sie sich auch ohne Worte darin einig, dass sie das Geheimcamp der Ganoventruppe gefunden hatten.

Mitten auf der Lichtung stand ein riesiges Holzhaus, das so gar nichts mehr mit dem verlassenen Forsthaus aus Peters Plänen zu tun hatte. Soweit sie das von außen beurteilen konnten, bestand das Haus zumindest im Erdgeschoss aus nur einem einzigen Raum. Darüber kam noch ein Stockwerk und ganz oben ein ausgebautes Dachgeschoss. Von der Schlägertruppe war weit und breit nichts zu sehen. Doch halt, was war das?

»Siehst du auch, was ich sehe?«, flüsterte Peter.

»Was meinst du?«

»Diese Schläger tragen ebensolche Gewänder wie die Mönche und Nonnen.«

»Stimmt! Was das wohl zu bedeuten hat?«

»Nichts Gutes – wieder mal. Dieser Showdown, von dem der Oberste gesprochen hat, scheint also noch näher gerückt zu sein, als wir vermutet haben. Sonst würden sie ihre eigenen Leute nicht derart verarschen. Denn dass die

Ganoven sich zur Sekte bekehren ließen und deshalb mit den anderen feiern wollen, kannst du getrost vergessen.«

»Das ist klar. Aber für was um alles in der Welt steht der große Grill mitten auf der Lichtung, wenn nicht für ein Fest?«

»Wir müssen näher ran und ein Mikro anbringen.«

Genau in diesem Moment kam den Detektiven der Zufall zur Hilfe. Der Oberste setzte sich mit zweien aus der Ganoventruppe etwas von der Menge ab und kam der Baumgruppe, hinter der Stefan und Peter Deckung gefunden hatten, gefährlich nahe. Dennoch blieben sie so weit von ihnen entfernt stehen, dass nur Peter dank seines geschulten Gehörs alles verstehen konnte, während Stefan sich mit Bruchstücken begnügen musste.

»Warum seid ihr heute schon gekommen?«, fragte der, der die Ganoventruppe zu befehligen schien. »Das war doch erst für nächste Woche geplant.«

»Gestern Abend habe ich sehr schlechte Nachrichten aus Bremen erhalten. Euer Mann hat bei der Kripo gesungen. Auch wenn er nicht alles weiß, ist es doch nur eine Frage der Zeit, bis uns die Bullen auf die Spur kommen. Wir müssen hier so schnell wie möglich alles auflösen und untertauchen.«

»Das hatte ich schon befürchtet. Wie gehen wir weiter vor?«

»Ich setze mich in ein paar Tagen zusammen mit meinen Adjutanten nach Südamerika ab, ihr kommt nach, sobald hier alles abgewickelt ist. Euch bringt keiner mit den ›Erleuchteten‹ in Verbindung; dafür habe ich schon gesorgt. Deshalb sind unsere Aktionen immer völlig getrennt voneinander gelaufen. Damit sich daran nichts ändert, müssen diese naiven Trottel für immer zum Schweigen gebracht werden. So blöde sie sind, der ein oder andere hat bestimmt etwas davon gemerkt, dass sie nicht nur zum Missionieren auf der Straße waren. Sondern dabei auch das Umfeld für eure Aktionen ausspionieren sollten. Zum Glück haben inzwischen alle ihre Kohle abgedrückt, für einen Neustart haben wir also genug. Bis heute am späten Abend ist das gesamte Fußvolk hierher geschafft. Haltet die, die schon da sind, so lange bei Laune. Ab morgen Vormittag gibt es dann die lang ersehnte Party, und sie endet am Nachmittag für alle mit unserem Spezialcocktail. Ludipus müssen wir leider auch hierlassen. Er hat nicht das Format, zur Führungsspitze zu gehören. Auf seine unbestreitbaren Talente als Taschendieb werden wir leider verzichten müssen.«

Für einen kurzen Moment sah es so aus, als ob der Oberste über Ludipus' geplantes Ende echtes Bedauern empfände. Aber dann grinste er breit und sagte: »Leider konnte ich auf die Schnelle nicht genug für einen, na sagen wir, goldenen Schluck für alle beschaffen. Aber es reicht, um alle für mehrere Stunden wegtreten zu lassen. Ihr bleibt solange hier und seht zu, dass nicht im letzten Moment einer ausbüxt. Wenn sich keiner mehr rührt, schafft ihr alle ins Haus und zündet es an. Arrangiert es so, dass es aussieht, als wäre eine Kerze runtergebrannt und hätte einen Stapel mit Zeitungen in Brand gesteckt. Den Rest erledigt das Holzhaus von selbst. Wenn alles lichterloh brennt, macht ihr euch auch vom Acker. Wir sehen uns dann übermorgen Abend am vereinbarten Treffpunkt. Dort besprechen wir unser weiteres Vorgehen, und ihr bekommt eure Kohle und die gefälschten Pässe. Da es einer von euch war, der die ganze Sache hier versaubeutelt hat, bekommt ihr noch eine Zusatzaufgabe zu erledigen. Ihr seht zu, dass ihr etwas über den Wanderer von neulich in Erfahrung bringt, und wenn er uns irgendwie gefährlich werden kann, erledigt ihr ihn. Der war mir von Anfang an nicht geheuer.«

»Ja, aber …«

»Kein aber. Denk immer daran, dass euch in Südamerika ein Leben in Saus und Braus erwartet. Es lohnt sich also nicht, überzulaufen. Außerdem existiert, und das weiß im Moment nicht mal Ambrosius, bereits ein neues Tor nach Europa zurück. Wir lassen uns doch nicht den größten Wachstumsmarkt für Sekten so einfach entgehen. Aber das ist noch Zukunftsmusik. Wir sammeln uns erst mal in Argentinien und schmieden neue Pläne. Mehr braucht ihr im Moment nicht zu wissen, alles andere wäre unnötiger Ballast.«

Stefan und Peter hatten für den Moment genug gehört. Sie schlichen zum Auto zurück und wagten erst dort wieder zu sprechen.

»Hast du das alles mitbekommen, so wie ich es auch gehört habe?«

»Bestimmt nur die Hälfte, aber das hat schon gereicht.«

»Wir hatten recht mit unserer Vermutung, dass sie ohne ihre Bettel- und Klaumönche wegwollen. Die sollen stattdessen auf eine ewige Reise gehen.«

»Dann müssen wir sofort Kripo und LKA verständigen! Wie geht es deinem Handy?«

»Schlecht. Auch der zweite Akku hat den Geist aufgegeben«, sagte Peter, nachdem er ihn eingesetzt hatte.

»Hm … meinst du, wir können hier weg?«

»Ich denke schon; solange nicht alle Brüder und Schwestern hier sind, geschieht sowieso nichts. Wir sollten allerdings zur Sicherheit noch vor der Polizei wieder hier sein – am besten mit meinem Wagen, mit dem wir schneller sind als mit dem Bus hier. Es wäre schön, wenn wir Melissa Ebert und auch diesen Ludipus noch vor der offiziellen Polizei-Aktion herausbringen können.«

»Warum denn Ludipus, ist die Sache nicht so schon schwierig genug?«

»Das schon, aber er weiß vielleicht Dinge, die auch ich wissen möchte. Schließlich wollen wir nicht nur unseren Auftrag erfüllen, sondern auch bis zum bitteren Ende mitmischen, oder?«

»Das ist ein wichtiges Argument, dem ich mich nicht entziehen kann«, sagte Stefan mit breitem Grinsen, startete den Bus und ließ ihn langsam aus dem Wald rollen.

Für den Rest des Heimwegs schwiegen die beiden Detektive, und jeder hing seinen Gedanken nach.

»Wie bitte? Sag das noch mal!«, fuhr Claus Mergentheimer entsetzt auf.

»Das Ganze wurde den gläubigen Schäfchen als Riesenfete zur Einweihung eines neuen Klosters verkauft. Die Überdosis gibt's am Ende gratis dazu und die Öffentlichkeit, also wir, bekommen das Ganze dann als Unfall verkauft, bei dem zu allem Überfluss auch noch ein Feuer ausbrach. Gründlicher kann man seine Spuren kaum verwischen.«

»Allerdings. Wann soll …«

»Morgen Nachmittag. Kannst du mir mal eine Verbindung zum LKA machen? Wer ist denn zurzeit dort zuständig?«

»Dr. Max Steinmeier. Bleib dran; ich versuche ihn auf der anderen Leitung zu erreichen.«

Peter wartete ungeduldig, doch als nach annähernd fünfzehn Minuten auf der Gegenseite noch immer nichts als leises Gemurmel zu hören war, fragte er: »Claus, was ist los?«

»Tut mir leid, aber ich bekomme keine Verbindung zu ihm. Seine ganze Einheit ist zu einem Großeinsatz raus. Er hat wohl mal wieder, obwohl er das angeblich so gut wie nie macht, die Koordination übernommen.«

»Dann wird's wahrscheinlich spät werden.«

»Ich bleibe trotzdem dran. Sobald ich ihn erreicht habe, melde ich mich über dein Handy. Ich gehe davon aus, dass ihr vor Ort sein werdet?«

»Wir fahren spätestens um zweiundzwanzig Uhr wieder raus.«

»Okay, gib mir bitte den genauen Standort des Camps durch. Sollte ich Steinmeier nicht erreichen, kontaktiere ich die Kollegen in Butzbach und Gießen. Dann müssen eben die ran.«

»Danke, Claus«, sagte Peter, erzählte in Kurzfassung alles, was sie in Erfahrung gebracht hatten, und schloss mit den Worten: »Es ist ein riesiges Holzhaus an einer Stelle, wo laut Plan nur eine Forsthütte stehen dürfte. Und bitte denk dran, es pressiert, morgen Nachmittag soll die Aktion starten.«

Von ihren Frauen fanden sowohl Peter wie Stefan bei sich zu Hause nur die Nachricht vor, dass sie ausgegangen seien und erst spät nach Hause kämen.

Als Peter Stefan einige Stunden später abholte, sagte der beim Einsteigen verwundert: »Nanu, du bist ja mit Annikas Wagen da.«

»Genau, das hab ich dir noch nicht erzählt. Man kommt zu nichts mehr. Wir haben die Autos getauscht, da Annika nicht mehr ständig nach Darmstadt fahren muss. Da kam mir die neue B-Klasse gerade recht.«

6.

Während die Detektive einen recht langweiligen und trotz des größeren Wagens ziemlich unbequemen Abend im Wald verbrachten, saß Claus bedeutend bequemer, aber dennoch wie auf glühenden Kohlen bis in den späten Abend im Büro. Er musste unentwegt mit Wiesbaden telefonieren, ohne jedoch so recht weiterzukommen. Dabei ging sein ganzer Feierabend flöten, und die Laune sank gegen den Nullpunkt. Seine Frau würde bestimmt ziemlich ungehalten sein, wenn er nach Hause käme, und er musste vorsichtig sein, damit sie sich nicht schon wieder stritten. Er war stocksauer auf Steinmeier, der es nicht für nötig hielt, ihn zurückzurufen. Spätestens morgen früh würde er doch die Kollegen aus Gießen oder Butzbach kontaktieren müssen, auch wenn er das ungern tat.

Als Claus Mergentheimer um kurz vor elf endlich die Haustür aufschloss, begrüßte ihn Stefanie zwar lächelnd, aber man spürte deutlich ihren Gram, dass ihr Mann mal wieder einige Überstunden an die reguläre Dienstzeit angehängt hatte.

»Oh, du bist auch schon da. Bei dir wird's immer später.«

»Ich weiß doch, mein Schatz, aber es ist wie verhext. Ich hatte mir wirklich vorgenommen, heute pünktlich heimzukommen. Ich wollte dir Blumen mitbringen, aber das hat leider nicht geklappt. Ich hole das nach, bestimmt. Bist du mit dem hier schon mal versöhnlicher gestimmt?«

Während er das sagte, überreichte Claus seiner Frau ein hübsch verpacktes Päckchen. »Alles Liebe zum Hochzeitstag!«

»Dir auch, mein Schatz, alles Liebe und Gute«, strahlte Stefanie und gab ihrem Mann einen innigen Kuss. Dann freute sie sich riesig über eine goldene Kette mit einer Perle als Anhänger.

»Dass du daran gedacht hast, hätte ich kaum zu hoffen gewagt. Ich dachte eigentlich immer, du bist mit deiner Arbeit verheiratet.«

»Aber Steffi«, sagte Claus entsetzt. »Du bist das Allerwichtigste für mich – und unsere Tochter natürlich.«

»Aber wer oder was hat dich am Feierabend gehindert?«

»Erst mal Peter Stettner, weil er dringend Verstärkung brauchte. Bis er mir die Situation erklärt und ich dabei auf der anderen Leitung beim LKA zu Steinmeiers Apparat durchgedrungen war, verging eine gefühlte Ewigkeit. Leider war er zu einem Großeinsatz mit seiner Gruppe unterwegs. Bis jetzt ist kein Rückruf gekommen, und ich habe ihm meine Privatnummer gegeben. Du weißt, dass ich die nur im äußersten Notfall rausrücke, aber das hier ist einer.«

Als sie gut zweieinhalb Stunden später hundemüde ins Bett gingen, hatte Steinmeier, den man wegen des zwischenzeitlichen Schichtwechsels vergessen hatte von Claus' Anruf zu berichten, noch immer nicht angerufen.

Da ging es Verena und Annika schon bedeutend besser. Sie saßen lange in einer Cocktailbar und planten ihre für den nächsten Tag vorgesehene Shoppingtour nach Frankfurt. Dass Verena zwischendurch immer wieder auf Andrea und ihr sonderbares Verhalten zu sprechen kam, trübte die Stimmung zwar etwas. Aber Annika konnte Abhilfe schaffen, indem sie zu vorgerückter Stunde einfach noch zwei Gläser Caipirinha bestellte, um Verena abzulenken. Das half auch so lange, bis sie im Taxi saßen, das sie nach Hause bringen sollte. Gerade hatten die beiden vereinbart, dass Annika bei ihrer Freundin übernachten würde, da sie am nächsten Morgen ohnehin gemeinsam losziehen wollten, da murmelte Verena: »Irgendwas hat nicht gestimmt, als wir in der Gartenstraße waren. Ich hab da was übersehen. Wenn ich nur wüsste, was?

O nein, dachte Annika und hoffte, dass das am nächsten Tag in Frankfurt nicht so weiterging.

Als die beiden wenige Minuten später vor der Wohnungstür standen und Verena umständlich versuchte aufzuschließen, rief sie plötzlich so laut, dass es im nächtlich stillen Treppenhaus schallte: »Ich hab's.«

»Sei still, du weckst doch das ganze Haus auf«, kicherte Annika, die wie ihre Freundin nicht mehr ganz nüchtern war, und schob Verena durch die Wohnungstür in den Flur.

Erst als sie im Wohnzimmer auf der Couch saßen, fragte sie: »Was hast du? Einen Vogel vielleicht?«

»Nein, die Antwort auf meine Frage.«

»Erzähl mal.«

»Das Badlicht.«

»Das musst du mir näher erklären«, sagte Annika und stellte fest, dass Verena wieder vollkommen nüchtern zu sein schien.

»Als wir gestern in der Heidesiedlung waren und niemand da gewesen zu sein schien, brannte das Licht im Bad.«

»Na ja, die beiden haben wohl vergessen es auszumachen. So etwas passiert hin und wieder mal.«

»Bei Andrea nicht. Ich habe lange genug mit ihr in einer WG gelebt, um ihre Marotten zu kennen. Sie ist zwar heute nicht mehr gar so ökomäßig angehaucht wie damals, aber wenn jemand sorglos Lampen brennen lässt oder sonst unnötig Strom verbraucht, bringt sie das auch heute noch zur Weißglut.«

»Ja, solche Prinzipien wirft man nicht so leicht über Bord. Was hast du jetzt vor?«

»Erst mal ausschlafen. Morgen früh fahre ich nochmal hin. Kommst du mit?«

»Und was wird aus unserer Shoppingtour?«

»Die holen wir nach, sobald es geht, versprochen. Aber ich würde es mir nicht verzeihen, wenn Andrea irgendetwas geschehen ist, während ich fröhlich mit dir durch die Kaufhäuser turne.«

Am nächsten Morgen, die Sonne stand noch sehr tief über den Taunuswäldern, wurde Peter von einem Klingeln hochgeschreckt. Er war nach einer längeren Beobachtungsphase eingenickt. Irritiert sah er zu Stefan hinüber, der das Camp beobachtete und keine Notiz von ihm nahm. Erst mit einiger Verspätung wurde Peter klar, dass es sein Handy war, das ihn geweckt hatte. Er schaltete den Lautsprecher ein und meldete sich.

Claus' aufgeregte Stimme ertönte: »Peter, Stefan, ich habe Steinmeier noch immer nicht erreicht. Ich hab's noch bis zweiundzwanzig Uhr probiert und dann meine Privatnummer hinterlassen. Leider hat er sich immer noch nicht gemeldet.«

»Verdammter Mist.«

»Allerdings. Ich wollte euch nur schnell Bescheid geben, damit ihr nichts Unüberlegtes tut, weil ihr auf die Schützenhilfe von Steinmeiers Truppe vertraut. Ich werde das jetzt wohl doch über Gießen oder Butzbach regeln müssen. Aber bis die bei euch sind, wird es noch ein bisschen dauern. Ich melde mich, sobald sich was Neues ergibt.«

»Danke, Claus.«

Peter sah zu Stefan hinüber, der ihn entsetzt anstarrte, und sagte: »Das bedeutet also, das LKA weiß noch nichts? Das gibt es doch nicht! Was machen wir nur, wenn es hier losgeht?«

»Melissa rausholen.«

»Aber wir sind doch heillos in der Unterzahl. Wie soll das funktionieren?«

»Es kann klappen, wenn wir überlegt vorgehen, denn wir haben das Überraschungsmoment auf unserer Seite. Wir müssen diese kurze Phase nutzen, um sie zu überrumpeln. Darin liegt unsere einzige Chance.«

»Und wie gehen wir vor?«

»Zuerst ziehen wir mal diese beiden Schutzwesten an« – er machte eine Handbewegung in Richtung Regal – »die ich noch bei mir im Keller hatte. Etwas ältere Modelle, aber deswegen trotzdem nicht gerade schlecht. Kugeln halten sie allemal stand. Dann warten wir noch zwei Stunden ab, ob wir was von Steinmeier hören. Wenn nicht, schleichen wir uns so nah wie möglich ran und suchen das Gelände nach Melissa und möglichst auch nach diesem Ludipus ab. Sollte es ernst werden und das LKA immer noch nicht hier sein, müssen wir blitzschnell aus unserer Deckung kommen, die beiden packen und nichts wie weg. Dabei müssen wir uns blind verstehen. Deshalb spielen wir das ganze Szenario jetzt noch zwei- oder dreimal durch, bevor wir uns auf den Weg machen.

Gegen neun Uhr, als Peter und Stefan bereits den Wagen verlassen hatten, ahnte Dr. Steinmeier noch immer nichts davon, dass Hauptkommissar Mergentheimer von der Hofheimer Kripo ihn schon seit dem Vorabend dringend zu sprechen wünschte. Er kam gerade ausgeruht und guter Laune in seinem Büro an, als sein persönlicher Assistent, Kriminalmeister Bernhard Pohl, an seine Bürotür klopfte und völlig zerknirscht eintrat.

»Morgen, Herr Pohl«, sagte er lachend. »Sie sehen aus, als ob Sie bereits jetzt reif für den Feierabend wären.«

»Bin ich auch. Und das jetzt schon, obwohl Sie mich noch nicht zusammengefaltet haben.«

»Wieso sollte ich das?«

»Weil ich ziemlichen Mist gebaut habe. Ich wollte gestern Abend schnell Feierabend machen, um zu meiner neuen Freundin zu kommen, und weil Sie noch nicht vom Einsatz zurück waren, habe ich vergessen, Ihnen eine Nachricht zu hinterlassen.«

»Na ja, so schlimm wird's schon nicht werden. Sagen Sie mir eben jetzt Bescheid. Ist es wegen meinem Dienstjubiläum?«

»Wenn es nur das wäre, würde ich mir keine solchen Vorwürfe machen. Gestern Abend hat ein Hauptkommissar Mergentheimer aus Hofheim angerufen, der Sie ganz dringend zu sprechen wünschte. Er hat mir sogar seine Privatnummer gegeben und gesagt, Sie könnten ihn die ganze Nacht über zurückrufen.«

»Oh, das klingt nicht gut. Um was geht es denn?«

»Es hat mit dieser Sekte der ›Erleuchteten‹ zu tun.«

»Dann geben Sie mir die Telefonnummer und beten schon mal, dass es nicht so wichtig ist, wie ich befürchte.«

Claus Mergentheimer war gerade im Begriff, seinen Bungalow am Steinberg, einer ruhigen Hofheimer Straße, zu verlassen und zum Dienst zu gehen, der um zehn Uhr begann. Als er seine Jacke überzog, begann sein Mobiltelefon zu läuten, und so setzte er sich kurzerhand ins Esszimmer auf die Eckbank.

Kaum hatte er das Gespräch angenommen, tönte ihm bereits Dr. Steinmeiers Stimme entgegen, er atmete auf und fiel ihm gleich ins Wort: »Gott sei Dank, dass Sie mich zurückrufen! Entschuldigen Sie bitte, aber hier brennt es lichterloh. Deshalb habe ich Sie unverzüglich benachrichtigen lassen!«

»Was brennt? Ihr Haus oder die Polizeiwache?«

»Bitte keine Scherze im Moment! Dafür ist die Sache zu ernst, es geht um Leben und Tod!«

»Was ist denn los?«

Claus umriss kurz und sachlich den aktuellen Stand in Sachen der ›Erleuchteten‹.

»Peter Stettner und Stefan Weimershaus, sagten Sie? Dann hat das Ganze Hand und Fuß. Auch wenn ich es nicht gerne sage: Ich schätze die beiden sehr und hätte gern mehrere Leute von ihrem Schlag in meinem Team. Ich setze mich sofort mit einer Hundertschaft in Bewegung. Auch wenn ich so kurz vor meiner Pensionierung eigentlich keinen Einsatz mehr selbst koordinieren wollte. Danke für Ihre Auskünfte!«

Etwa zur gleichen Zeit saßen Verena und Annika in Annikas Auto und parkten vor dem Hochhaus in der Gartenstraße ein. Inzwischen war Verena völlig davon überzeugt, dass Markus seiner Freundin etwas angetan hatte, und ließ sich auch durch Annikas Beschwichtigungen nicht mehr beruhigen. Ungestüm stieg sie aus dem Auto und stürmte der Haustür entgegen, die um diese Zeit nicht abgeschlossen war. Annika hatte Mühe, ihrer Freundin zu folgen, die bereits im Aufzug stand, und ein wütendes Stakkato auf den Steuerungsknöpfen trommelte.

»Davon fährt er auch nicht schneller«, sagte Annika nur, und Verena antwortete: »Du hast unbestreitbar recht«, als sich die Türen im fünften Stock endlich öffneten.

Sie gingen zu Markus' Wohnung, klingelten, und als sich nichts tat, läutete Verena Sturm. Dennoch blieb, genau wie beim letzten Mal, alles ruhig.

»Es ist keiner da.« Annika versuchte ihre Freundin davon zu überzeugen, dass sie sich unnötig Sorgen machte, dabei hatte sie sich schon längst von Verenas Panik anstecken lassen.

»Quatsch«, sagte Verena scharf und hämmerte mit der Faust gegen die Wohnungstür. Dazu sagte sie: »Ich bin sicher, da ist was passiert.«

»Sollen wir versuchen die Wohnungstür zu öffnen?«

»Gerne, aber wie? Willst du sie eintreten?«

»Nein … natürlich …«, sagte Annika, gerade als ihnen von drinnen ein herzzerreißendes Wimmern entgegendrang.

»Da ist doch jemand zu Hause«, sagte Verena. »Und ich fresse einen Besen, wenn das nicht Andreas Stimme war.«

»Dann nichts wie rein in die Höhle des Löwen«, sagte Annika und zog einen elektrischen Dietrich aus ihrer Handtasche.

»Kannst du denn damit umgehen?«

»Selbstverständlich, Peter hat es mir beigebracht, als ich mich zum dritten Mal ausgesperrt hatte. Seitdem raubt mir das Ding den Platz in meiner Handtasche.«

»Wie wär's mit einer größeren? Außerdem ist es eine seltsame Art, in seine Wohnung reinzukommen. Zudem gibst du deinem Sohn kein schönes Vorbild ab.«

»Ich erinnere dich daran, wenn deine Zwillinge groß sind. Trotzdem sei mal ein bisschen ruhig, denn ich muss mich konzentrieren«, sagte Annika unwirsch, während sie das batteriebetriebene Gerät am Schließzylinder ansetzte.

Es dauerte nur wenige Sekunden, und der kleine Stift, der ins Schloss hineingefahren war, hatte die richtigen Zuhaltungen gefunden. Eine grüne Lampe ging an, und Annika drückte einen Knopf. Dann hörte man, wie das Schloss aufgesperrt wurde.

»Ist das alles?«, staunte Verena.

»Ja. Du musst nur in etwa wissen, welchen Stift du für welches Schloss brauchst, sonst kann es länger dauern.«

»Super, so was will ich auch haben.«

»Darüber reden wir morgen. Jetzt gehen wir mal vorsichtig rein, falls uns dieser Markus entgegenkommt.«

Schon bei ihren ersten Schritten in den Flur fiel ihnen auf, dass die Wohnung einen halbwegs ordentlichen Eindruck machte. Zumindest waren keine Spuren eines Kampfes zu sehen. Auch sonst deutete nichts darauf hin, dass Verenas Freundin von ihrem Freund misshandelt worden war. Nirgends ein blutiges Taschentuch, kein Blutstropfen auf dem Fußboden, und es lag auch kein Stuhl umgekippt auf dem Boden.

Ich möchte mal wissen, was ich eigentlich hier erwartet habe, dachte Verena gerade, da hörten sie es wieder.

Das Wimmern kam eindeutig aus einem Raum am Ende des Flures. Nachdem sie alle anderen Räume schon inspiziert hatten, musste das wohl das Schlafzimmer sein.

Verena und Annika stürmten gleichzeitig los, behinderten sich dabei in dem schmalen Flur gegenseitig, und Verena, die als Erste an der Tür war, riss sie auf.

Das Bild, das sich ihnen dort bot, war grauenhaft. Vollkommen nackt und mit blutverschmiertem Gesicht lag Andrea auf dem Bett und weinte leise vor sich hin. Im Zimmer brannte Licht, und der Rollladen war heruntergelassen. Andrea war mit einer Fußfessel ans Bett gefesselt. Ihre Hände waren mit anscheinend selbst angefertigten Handschellen auf dem Rücken fixiert, und der Mund mit Isolierband zugeklebt.

Reflexartig zückte Annika ihr Handy und machte einige Bilder als Beweismaterial. Dann ließ sie das alte, dafür aber handliche Gerät in ihrer Hosentasche verschwinden.

Unterdessen hatte Verena sich zu ihrer Freundin aufs Bett gesetzt, und als sie ihre Hand auf Andreas Schulter legte, zuckte diese heftig zusammen und wollte die Arme schützend hochreißen, was aber wegen der Fesseln unmöglich war. Erst dann öffnete die junge Frau ihre Augen, und als sie Verena erkannte, entspannten sich ihre Gesichtszüge etwas.

»Ein Segen, dass du da bist«, murmelte sie schwach, als Verena sie vom Isolierband befreit hatte. Und Verena sagte beruhigend: »Es wird alles wieder gut; wir nehmen dich mit. Wann kommt Markus zurück?«

»Weiß nicht«, war alles, was Andreas Mund hervorbrachte.

»Ich geh zum Auto und hole einen Bolzenschneider«, sagte Annika. »Du bleibst hier und versuchst die Polizei zu erreichen. Mach aber schnell, bevor der Kerl am Ende zurückkommt!«

Kaum hatte Annika die Wohnung verlassen, wählte Verena die Durchwahl von Claus Mergentheimers Dienstapparat, bekam jedoch keinen Anschluss. Deshalb half sie erst einmal ihrer Freundin, der es peinlich war, noch immer nackt zu sein, einen Slip anzuziehen und packte einige Kleidungsstücke in eine Reisetasche, die sie im Schrank gefunden hatte.

Als sie sich umdrehte, um einige Shirts aus dem Schrank zu nehmen, stand wie aus dem Nichts hervorgewachsen plötzlich Markus Mautz vor ihr. Ihr erster Impuls war es, ihm in die Weichteile zu treten, aber sie konnte sich gerade noch beherrschen den Tritt anzusetzen, denn sie blickte direkt in die Mündung einer Pistole. Wie zur Salzsäule erstarrt, blieb sie stehen.

Markus Mautz, der seinen Triumph sichtlich genoss, grinste böse. »Wen haben wir denn da? Ist das nicht die liebe Freundin Verena?«

Deine gewiss nicht, dachte Verena, zog es aber vor, nichts zu sagen und auch keinen Widerstand zu leisten, da sie im Moment in der eindeutig schwächeren Position war.

Stattdessen versuchte sie zu ergründen, wie gut ihre Chancen waren, unbeschadet aus dieser Situation herauszukommen.

Zum Glück weiß er nichts von Annika, schoss es Verena durch den Kopf, aber da fragte er auch schon: »Wer war denn die gutaussehende Frau, die mir gerade auf dem Weg zum Lift entgegenkam? Und vor allem: Wo will sie hin?«

»Welche Frau?«, fragte Verena scheinheilig. »Ich weiß nicht, wen Sie meinen.«

Nur eine Sekunde später war ihr klar, dass sie damit die falsche Taktik gewählt hatte.

Markus Mautz, der eben noch die Ruhe in Person gewesen zu sein schien, machte einen großen Schritt in ihre Richtung, kam ihr mit seinem Gesicht dabei so nahe, dass ihr von seinem schlechtem Atem fast übel wurde, und fuhr sie an: »So nicht, Mädchen, lüg mich nicht an!«

Verena hielt sich an seine Anweisung und sagte nun gar nichts mehr, aber das war dem Kerl auch nicht recht.

»Los, red schon, du Stockfisch!«, brüllte er sie erneut an, und zur Bekräftigung gab er Verena zwei Ohrfeigen, die ihre Backen erglühen ließen.

Dann versetzte er ihr einen kräftigen Stoß in die Rippen, der sie das Gleichgewicht verlieren und zurücktaumeln ließ. Nur eine Sekunde später fand sie sich auf dem Bett sitzend wieder und hielt sich die rechte Seite, die ihr immer noch wehtat.

Sie schrie absichtlich laut auf, damit Annika, falls sie gerade zurückkäme, gewarnt wäre. Wie richtig das war, zeigte sich nur Bruchteile von Sekunden später, denn Annika kam mit hocherhobenem Bolzenschneider ins Zimmer geschlichen und wollte damit offensichtlich auf Markus losgehen. Doch leider hatte auch er das bemerkt, fuhr mit der Pistole in der einen Hand herum und entriss ihr mit der anderen das schwere Gerät. Dann dirigierte er Annika mit der Waffe zum Bett hinüber, und als sie mit dem Rücken davorstand, stieß er ihr den Bolzenschneider derart unvermittelt in den Bauch, dass ihr erst mal die Luft wegblieb und sie sich kraftlos aufs Bett fallen ließ.

Dann sagte er süffisant: »Na, wie wär's denn mit uns beiden, schöne Frau?«

»Was fällt Ihnen ein? Wie reden Sie mit mir?«, fragte Annika empört, als sie wieder Luft bekam, und Markus antwortete nicht minder zornig: »Genau wie du es verdienst, du Schlampe!«

Dann richtete er seine Pistole auf die drei, ging rückwärts bis zu einem Schrank in der Ecke und entnahm ihm einige

Teile, die wie Handschellen aussahen. Wenige Augenblicke später wussten sie, dass sie richtig gesehen hatten. Er blieb etwa einen Meter von ihnen entfernt stehen und warf Annika zuerst den Schlüssel für Andreas Handschellen zu. Für einen kurzen Moment schöpften sie Hoffnung, dass alles gut werden könnte, aber dann kam seine Anweisung: »Andreas Rückenfessel öffnen und euch jeweils rechts und links anketten; wird's bald!«

Annika, die bislang noch keine Kostprobe von Markus' schlagkräftigen Argumenten bekommen hatte, sagte beruhigend zu ihm: »Herr Mautz, das kann doch nicht gutgehen. Was wollen Sie denn mit drei Geiseln?«

»Halt's Maul, schöne Frau, sonst kleb' ich euch gleich den Mund zu.«

»Herr Mautz …«

»Ruhe jetzt!«, brüllte er und entsicherte die Waffe. »Ich gehe kurz raus, ins Wohnzimmer. Solltet ihr schreien oder versuchen abzuhauen, gibt's hier ein Blutbad.«

Nun bekam es auch Annika mit der Angst zu tun.

Wie soll das hier weitergehen?, schoss es ihr durch den Kopf. Wenigstens hatte sie vom Auto aus versucht, Peter anzurufen und ihm auf die Mailbox gesprochen. Und es war ein Segen, dass sie die Handtasche im Auto gelassen hatte. Was sie nicht dabei hatte, konnte er ihr nicht abnehmen. Hoffentlich hörte Peter die Mailbox bald ab, denn sie hatte ihm die Adresse von hier durchgegeben. Aber was ist, wenn Peter nicht so schnell dazu kam, die Mailbox abzuhören? Oder …

Erst mit einiger Verspätung bemerkten sie, dass Mautz wieder im Zimmer war und eine mörderisch aussehende Kette dabei hatte.

Annika schossen immer neue Fragen durch den Kopf.

Hatte der Mann seine Freizeit nur dazu genutzt, Folterinstrumente für seine Freundin zu bauen? Wie krank war dieser Mensch eigentlich? An welche Type war Andrea da nur geraten? Wie lange wurde sie hier schon gefoltert?

So langsam setzte sich bei ihr die Erkenntnis durch, dass Verena den richtigen Instinkt gehabt hatte, und wenn sie nicht andauernd weitergebohrt hätte …

Annika ahnte nicht, wie richtig sie mit ihrer Vermutung lag, dass Markus im Hobbykeller Folterinstrumente baute, um den Willen seiner Freundin zu brechen. Dabei stammte die Kette, die er geholt hatte, sogar noch aus der Zeit, als er noch halbwegs normal war. Ursprünglich hatte sie ihnen als Sexspielzeug gedient, denn ohne Fesselspielchen mit Ketten, die möglichst furchterregend aussahen, kam Markus auch früher schon kaum in Fahrt.

Nun aber konnte er dieses Spielzeug dazu benutzen, Annika und Verena an den Füßen mit Andrea zu verbinden und alle drei ans Bettgestell zu ketten, wobei Andrea in der Mitte zwischen Annika und Verena auf dem Rücken lag und die anderen beiden sich auf den Bauch legen mussten.

»Au!«, schrie Verena erneut. »Muss das so rabiat sein?«

»Du dreckige Hure verdienst es nicht besser. Du ganz besonders nicht. Mit meiner Freundin in die Kiste zu steigen und rumzuvögeln. Jetzt bekommst du die Quittung.«

»Du bist doch nicht ganz bei Trost«, schrie Verena unvermittelt Markus an. »Was sollen solche Unterstellungen? Ich lasse mich von dir nicht beleidigen.

»Und ich mich auch nicht«, schloss sich Annika an. »Was erlauben Sie sich eigentlich? Sie sind doch derjenige, der sie nicht mehr alle beisammen hat …«

»Wie bitte?«, unterbrach Markus Mautz Annikas Redefluss brüsk. »Ihr Weiber seid doch alle gleich. Verdorben und dämlich. Dein Pech, dass du mit Verena hierhergekommen bist.«

Kurz darauf legte er die Pistole ab und bückte sich, um die Frauen an den Füßen zusammenzuketten. Die Chance ließ Verena nicht ungenutzt. Als er sich zu ihr herunterbeugte, verpasste sie ihm einen Tritt, der ihn bis zur Wand zurückschleuderte.

Noch im Fallen nahm er die Pistole auf, richtete sie auf Verenas Kopf und sagte leise, aber mit einem furchterregenden Unterton: »Ich sollte dich Dreckstück gleich jetzt hier an Ort und Stelle erschießen, aber dann versaust du mir meine schöne Wohnung. Das hebe ich mir für später auf. Freu dich drauf.«

Die Frauen merkten, dass Markus Mautz tief im Innern so aufgewühlt war wie noch nie zuvor und dass die letzten Dämme, die ihn vom Äußersten zurückhielten, zu brechen drohten. So ließen sie sich zähneknirschend widerstands- und -spruchlos fesseln.

Zu guter Letzt verschloss er ihre Münder noch mit dem reißfesten Klebeband und sagte dazu grinsend: »Nicht, dass ihr euch noch einbildet, um Hilfe rufen zu können. Da habt ihr euch gründlich geirrt.«

Als alle drei kaum noch bewegungsfähig auf dem Bett lagen und er schon das Zimmer verlassen wollte, fragte er plötzlich: »Wo habt ihr eure Handys? – Ach so, ihr könnt es mir doch nicht sagen. Muss ich halt suchen.«

Zuerst durchsuchte er Verena, und als er ihr Smartphone gefunden hatte, wandte er sich Annika zu. Diese Durchsuchung dauerte länger und wurde auch nicht gerade zimperlich geführt.

Dass er Annika dabei mehrfach an den Brüsten und im Schritt berührte, war keineswegs zufällig und schien ihn auch sichtlich zu erregen. Weil er bei ihr kein Mobiltelefon fand, stutzte er kurz, erklärte dann aber grinsend: »Lasst es euch bloß nicht einfallen wegzulaufen, denn ich sitze vor der Tür. Vergnügt euch schön, ihr Hübschen.«

7.

Gegen elf kam endlich der erlösende Anruf, auf den Peter und Stefan schon sehnlichst gewartet hatten.

»Das LKA kommt, in ein bis zwei Stunden werden sie zu euch stoßen«, informierte Claus sie. »Sie werden medizinische Notfallversorgung dabei haben. Ich gebe euch gleich noch die Durchwahl zu Steinmeiers Apparat, für den Fall, dass es nötig werden sollte.«

»Danke, Claus.«

Nachdem Peter das Gespräch beendet hatte, sagte er zu Stefan: »Ich nehm erst mal Kontakt zu Steinmeier auf. Dann schleichen wir uns dichter an das Camp ran.«

Einige Minuten blieben die Detektive noch schweigend im Auto sitzen, dann sagte Stefan: »Es würde mich nicht wundern, wenn die da drüben schon bald anfangen, ihre Leute in den Schlaf zu schicken.«

»Stimmt. Sie haben zwar vom Nachmittag gesprochen, aber was hindert sie denn daran, schon früher anzufangen? Zumal inzwischen alle Mönche und Nonnen hier versammelt zu sein scheinen. Zumindest sind beide Busse hier. Übrigens haben wir jetzt auch eine Beschreibung von Ludipus. Er war derjenige, der Carola angequatscht hat. Er ist achtzehn bis zwanzig Jahre alt, sehr schlank und etwa eins siebzig groß.«

»Na prima. Das trifft auf mindestens jeden Fünften da drüben zu. Wie sollen wir ihn da erkennen?«

»An seinem feuerroten Haar. Das hat Carola ihrem Vater sagen können.«

Während die beiden aus dem Auto stiegen, telefonierte Peter mit Kriminalrat Steinmeier – wiederum bei eingeschaltetem Lautsprecher. Der LKA-Mann erklärte, dass er gerade dabei sei, den Konvoi in Bewegung zu setzen, und beschrieb sogar den Weg, den die vier Busse seiner Einheit nehmen würden. Außerdem seien ein Dutzend Rettungswagen aus Limburg und Gießen unterwegs sowie einige Hubschrauber in Bereitschaft.

»Wir werden jetzt auf unseren Beobachtungsposten gehen, und sollte irgendwas Unvorhergesehenes passieren, melde ich mich sofort«, schloss Peter das Gespräch.

»Ich möchte mal wissen, warum der uns erklärt hat, welchen Weg die nehmen«, meinte Stefan, als sie das Camp fast erreicht hatten, und eine düstere Vorahnung beschlich ihn.

Peter grinste, blieb aber eine Antwort schuldig und arbeitete sich Baum für Baum Deckung suchend näher heran.

Plötzlich sagte er: »Hier stimmt was nicht!«

Das Lagerfeuer war schon weit heruntergebrannt, und der Grill schien auch nicht mehr bestückt zu werden. Die meisten der Mönche und Nonnen saßen aber noch ums Lagerfeuer, sie feierten offensichtlich schon eine ganze Weile.

»Die sind schon weiter, als wir vermutet haben«, sagte Peter düster.

»Es liegen auch einige Schnapsleichen im Gras.«

»Hoffen wir, dass es nur solche sind.«

»Peter, mal den Teufel bitte nicht an die Wand. – Was ist denn das?«

Sie sahen, wie die Feiernden reihenweise wie die Fliegen umkippten und wie die Schläger sie ins Haus trugen.

»Du weißt, was das bedeutet!«, sagte Peter. »Sie müssen

umdisponiert haben. Wir müssen noch näher ran, damit wir Melissa noch rechtzeitig rausholen können. Falls wir Ludipus entdecken, schnappst du ihn dir und ich Melissa. Falls er noch bei Bewusstsein ist und nicht freiwillig mitwill, musst du eben nachhelfen. Dann nichts wie ab durch die Mitte zum Auto.«

Stefan wollte noch etwas fragen, da zischte Peter: »Melissa!«, und pirschte sich vorsichtig an die Feuerstelle heran, um die herum verstreut kleine Plastikbecher auf dem Boden lagen.

Stefan blieb nichts übrig, als seinem Freund zu folgen. Meter um Meter kamen sie näher, während die Ganoven ein Sektenmitglied nach dem anderen ins Haus trugen. Diese gespenstische Szene konnte nur bedeuten, dass sie Wind von der bevorstehenden Polizeiaktion bekommen hatten und deshalb ihren Plan beschleunigt ausführten, dachte Stefan. Jetzt wurde es verdammt knapp. Sollte es im LKA einen Maulwurf geben? Sie mussten Steinmeier warnen. Zu dem Szenario passte auch, dass die Führungsriege um den Obersten der Sekte hier nirgends zu entdecken war. Sie schienen sich bereits abgesetzt zu haben.

Inzwischen waren die beiden Detektive bis an den Rand der Lichtung gelangt und keine fünfzig Meter mehr vom Lagerfeuer entfernt.

»Siehst du Ludipus?«

»Nein – halt, warte mal. Da drüben am Lagerfeuer; das scheint er zu sein.«

»Melissa liegt auf der anderen Seite des Feuers. Scheiße, hoffentlich lebt sie noch. Wir müssen noch warten, bis möglichst viele Gangster im Haus sind. Du linksrum, ich rechts, und dann ab in den Wald. Wir treffen uns beim Auto.«

Zum Glück hatte Markus Mautz beim Zukleben der Münder nicht sehr gewissenhaft gearbeitet. Nach etwa einer halben Stunde hatte Verena ihren Klebestreifen mit der Zunge so weit gelockert, dass sie ihn an der Bettkante abstreifen konnte. Sie erklärte den anderen beiden, wie sie es gemacht hatte, und schon bald konnten sie wenigstens miteinander reden.

»Was sollte denn das? ›Vergnügt euch schön.‹ Der Typ ist doch vollkommen irre«, erklärte Annika. Verena nickte, während Andrea in Apathie zu versinken drohte.

Das wiederum brachte nun Annika in Rage, und sie sagte schärfer, als sie eigentlich beabsichtigte: »Andrea, hilf mir zu überlegen, wie wir hier wieder rauskommen. Immerhin stecken wir in dieser Misere, weil wir dir helfen wollten. Du kennst deinen Freund am besten. Wenn wir in Sicherheit sind, kannst du vor dich hindämmern, solange du möchtest.«

»Na… natürlich.«

»Welche Möglichkeiten haben wir etwas zu unternehmen?«

»Ich fürchte – keine«, sagte Verena resigniert. »Aber irgendwas müssen wir doch tun. Der Knallkopp ist kurz davor, den letzten Bezug zur Realität zu verlieren. Dann sehe ich schwarz.«

»Ohne Handy können wir nicht mal Claus zu Hilfe rufen.«

»Vielleicht haben wir eins«, kam es plötzlich hoffnungsvoll von Andrea, die eben noch kaum ansprechbar gewesen war. »Ich besitze ein Prepaid-Handy, von dem Markus nichts ahnt.«

Verena und Annika sahen sie erstaunt an, und Verena fragte so laut: »Wo ist es?«, dass Annika erschreckt flüsterte: »Pssst, leiser, wenn der Idiot uns hört, ist auch die Idee futsch.«

»Wo ist das Ding? Kommt man von hier aus ran?«

»Nein, es liegt im Kleiderschrank zwischen meiner Unterwäsche.«

»Ein origineller Platz«, stichelte Annika.

»Ging damals nicht anders, denn es ist der einzige Platz, an dem Markus es garantiert nicht findet. Bei der Hausarbeit hat er noch nie geholfen.«

»Die Idee muss ich mir merken«, sagte Verena sarkastisch. »Aber wie kommen wir an den Schrank ran? So fest wie uns der Psycho aneinandergekettet hat, bleibt nur wenig Spielraum.

»Allerdings«, seufzte Annika mit hörbarem Ärger.

Stefan näherte sich geräuschlos den beiden Gangstern, die gerade den inzwischen zusammengesackten Ludipus ins Haus zu den anderen tragen wollten. Er war schon fast bei ihnen angekommen, als sie ihn doch bemerkten. Einer wollte noch seine Pistole ziehen, aber Stefan war schneller. Er wirbelte herum und trat sie dem Mann aus der Hand. Fast im gleichen Moment versetzte er dem anderen, der mit bloßen Fäusten auf ihn losgehen wollte, einen Handkantenschlag gegen den Hals. Der Mann ging wie ein nasser Sack zu Boden. Für den Bruchteil einer Sekunde hielt der erste Mann inne, und dieser Moment genügte Stefan, auch ihn mit einem Schlag außer Gefecht zu setzen, bevor er Alarm geben konnte.

Während Stefan Ludipus, der noch nicht völlig bewusstlos war und Widerstand leistete, kurzerhand auf seine Schulter lud, sah er zu Peter hinüber und nickte zufrieden, da auch der seine Widersacher kampfunfähig gemacht und mit Melissa auf dem Arm den Rückzug angetreten hatte.

Bis zu diesem Augenblick waren sie von den Leuten im Haus unentdeckt geblieben. Aber gerade als Stefan sich auf den Weg zum Rand der Lichtung machte, trat einer der Gangster heraus, erfasste die Lage mit einem Blick und handelte sofort. Er schrie Alarm, zog seine Waffe aus dem Gürtel und schickte dem Fliehenden, der etwa dreißig Meter Vorsprung hatte, zwei Kugeln hinterher. Sie schlugen direkt im Baum neben ihm ein und ließen die Rinde zersplittern. Glücklicherweise nahm der Gangster nicht sofort die Verfolgung auf, sondern wartete auf seinen Boss, der kurz darauf aus dem Blockhaus trat.

Unterdessen hatte Stefan dichteres Unterholz erreicht und nicht nur mit dem unwegsamen Gelände, sondern auch mit Ludipus, der anscheinend nur leicht betäubt war, seine liebe Mühe. Der junge Mann schlug mit kraftlosen, schlecht gezielten Hieben um sich, und als das alles nichts half, biss er Stefan kurzerhand in den Arm.

Stefan ließ ihn schnell zu Boden gleiten und setzte ihn mit einem kräftigen Faustschlag endgültig außer Gefecht.

»Warum denn nicht gleich so, mein Freund«, murmelte er, lud seine lebende Fracht wieder auf und setzte seinen Weg querfeldein über Wurzeln und Äste fort.

Er wunderte sich, dass ihm die Gegner nicht dichter auf den Fersen waren, aber es blieb kaum Zeit darüber nachzudenken, denn schon tauchte der befestigte Waldweg vor ihm auf. Als Stefan am Wegesrand ankam, sah er Peter bereits am Steuer seines Wagens sitzen, der ihm rückwärts entgegenkam.

Stefan riss die hintere Beifahrertür auf und warf Ludipus ziemlich unsanft zur tief bewusstlosen Melissa auf den Rücksitz. Rasch stieg er ein, und Peter gab Vollgas.

Holger Blaschke starrte Stefan fassungslos nach, der mit Ludipus über der Schulter im Wald verschwand. Er konnte keinen klaren Gedanken fassen, so verblüfft war er. Erst als sein Boss Hellmuth Adamski und dessen Bruder Heiner aus der Tür traten, hatte er sich wieder gefasst.

»Da … da … hat doch gerade jemand diesen, äh … Ludipus entführt«, presste er noch immer zutiefst irritiert hervor.

»Wie bitte?«, fragte Adamski. »Soll das ein Witz sein? Hast du etwa auch was von diesem Kraut genommen? Oder ist dir im Geist deine Oma erschienen?«

Noch bevor Blaschke antworten konnte, rief Heiner Adamski vom Lagerfeuer her: »Melissa ist weg! Tom, Rob, Adi und Rudi wurden alle niedergeschlagen.«

Augenblicklich erfasste Adamski die Situation und rief: »Alle herkommen, wir müssen jetzt schnell handeln! Das müssen mindestens zwei gewesen sein. Holger, du bleibst hier und bringst die Sache zu Ende. Diejenigen, die Ludipus und Melissa haben, können unmöglich zu Fuß hier sein. Nach Westen können sie nicht, denn da sind die Waldwege unpassierbar. Nach Süden hätten sie an uns vorbeigemusst. Also stehen ihnen nur zwei Wege offen, nach Norden und nach Osten. Heiner, hol die restlichen Männer aus dem Haus. Wir verteilen uns auf zwei Wagen. Ich nehme den Geländewagen und die Holperpiste. Du fährst mit dem Cadillac nach Norden über den gut ausgebauten Weg. Die holen wir noch ein.«

In der Zwischenzeit waren die anderen längst aus dem Haus gekommen. »Herbert, du kommst mit mir«, sagte Hellmuth zu einem von ihnen. »Die anderen fahren mit meinem Bruder.« Dann bestiegen die Männer die Wagen und rasten davon.

Die beiden Autos verfügten über eine Funkverbindung, und als sich an der Weggabelung ihre Wege trennten, funkte Hellmuth seinen Bruder an: »Wenn du sie vor dir hast, gib gleich Bescheid. Ich komme von der anderen Seite, und wir nehmen sie in die Zange.«

»Meinst du, wir kriegen sie, bevor sie an der Straße ankommen?«

»Die haben höchstens zehn Minuten Vorsprung und sind zu Fuß querfeldein im Wald verduftet. Bis sie ihr Auto erreicht haben, muss das ewig gedauert haben. Das ist unser Vorteil.«

Gerade als Hellmuth den Kontakt beendet hatte, funkte sein Bruder ihn an: »Ich sehe sie! Drei- oder vierhundert Meter vor mir fährt ein Wagen, das müssen sie sein. Aber vor der Straße hole ich die nicht mehr ein.«

»Scheiße. Dann halt dich lieber zurück, bis ich da bin. Wir verfolgen sie gemeinsam, und sobald wir durch ein längeres Wald- oder Feldstück fahren, verwandeln wir ihre Karre samt Inhalt in ein Sieb.«

So ließen sie Stefan und Peter unbehelligt durch Brandoberndorf fahren, und als das Auto der beiden den Ort wieder verließ, schlossen der Landcruiser und der Cadillac Seville schnell auf. Aus dem offenen Schiebedach des alten Amischlittens und aus der Beifahrerseite des Geländewagens ragte je ein Oberkörper eines Gangsters, und beide eröffneten mit Präzisionsgewehren das Feuer auf die Detektive.

»Guck an, wir bekommen Besuch«, sagte Peter und zeigte lässig mit der Hand nach hinten, als Adamski und seine Leute zu feuern begannen.

Stefan sah seinen Freund panisch an, und Peter meinte grinsend: »Ist doch gut, dass ich letzte Woche den Umbau noch geschafft habe. Eine stählerne Heckklappe mit Panzerglas, schusssichere Spritzlappen an den Hinterreifen – das macht den Wagen zwar schwerer und langsamer, aber ... oha, wir sollten trotzdem einen Zahn zulegen.«

Peter gab Vollgas und reichte Stefan sein Handy.

»Rufe Steinmeier an und gib ihm unsere Position durch«, sagte er, gerade als eine Kugel den linken Außenspiegel durchschlug.

Peter riss instinktiv das Lenkrad herum und fuhr mit quietschenden Reifen durch die nächste Kurve. Die Verfolger blieben ihnen dicht auf den Fersen. Während Stefan wählte, erwischte es den rechten Außenspiegel. Peter nahm auch die nächste Kurve mit nahezu unverminderter Geschwindigkeit und erhöhte das Tempo auf der nun folgenden Geraden nochmals.

In dem Augenblick hob Max Steinmeier ab.

»Hier spricht Stefan Weimershaus. Um es kurz zu machen, wir werden verfolgt.«

»Wo sind Sie?«

Während Stefan sprach, erreichten sie eine scharfe Linkskurve und gaben damit die Flanke des Wagens zum Abschuss frei. Die Gangster zögerten nicht, als sie ihre Chance erkannten, drosselten ihre Geschwindigkeit und feuerten aus vollen Rohren.

»Wir sind ...«, begann Stefan, da durchschlug eine Kugel die hintere Seitenscheibe und trat rechts wieder raus.

Steinmeier hörte die Schüsse und das berstende Glas und schrie ins Telefon: »Zum Donnerwetter, wo sind Sie?«

»Wir kommen gerade nach Weiperfelden«, sagte Stefan

und war froh, dass ihre beiden Passagiere schlafend auf dem Rücksitz lagen; so waren sie unverletzt geblieben.

»Wir warten zwischen Espa und Hausen auf Sie. In der langgezogenen Rechtskurve beim Butzbacher Forsthaus bauen wir eine Straßensperre auf. Links lassen wir eine kleine Lücke für Sie, zum Durchfahren.«

Peter ging, ohne zu bremsen, in die langgezogene Linkskurve bei der Abzweigung nach Oes, aber es half nichts. Obwohl er einen kräftigen Motor unter der Haube hatte, verfügten ihre Verfolger über den stärkeren Wagen. Meter um Meter holten sie auf. Wenn jetzt nicht ein Wunder geschah …

Hellmuth Adamski saß über das Lenkrad seines Geländewagens gebeugt und frohlockte: »Du fährst verdammt gut, aber es nutzt dir trotzdem nichts. Gleich haben wir euch eingeholt, und dann ist Schluss mit lustig.«

Unterdessen näherte er sich mit unverminderter Geschwindigkeit der Abzweigung, von der aus man in den kleinen Butzbacher Stadtteil Oes gelangte. Seine Kumpane und er waren nur auf Peters Auto fixiert und hatten keinen Blick für alles andere um sich herum. So sahen sie auch den Wagen des Rentners aus Oes nicht, der bereits erschrocken in die Bremsen gestiegen war, als Peter in aberwitzigem Tempo vorbeiraste.

Der gut und gern neunzigjährige Mann war mit seinem Auto an der Abzweigung etwas länger stehen geblieben und zog nun, da ihm der Schreck noch in allen Gliedern steckte, ohne auf den Verkehr zu achten, heraus – genau vor den Wagen von Hellmuth Adamski.

Der Gangster riss im letzten Moment das Steuer seines Landcruisers herum, sein Bruder im Cadillac reagierte genauso schnell, und sie konnten einen Zusammenstoß gerade noch verhindern. Als Adamski in den Rückspiegel sah, bemerkte er die ungehaltenen Gesten seines Bruders und wusste, dass der genauso wütend war wie er selbst.

»Schade, dass wir keine Zeit haben, dir Manieren beizubringen«, grollte er in die Richtung des Rentners, gab dann aber schnell wieder Gas, da Peters Wagen aus dem Blickfeld zu verschwinden drohte. Hinter der nächsten weiten Rechtskurve folgte, wie Adamski wusste, eine lange Gerade. Da waren sie mit ihren PS-starken Wagen eindeutig im Vorteil. Allerdings durften sie den Vorsprung nicht zu groß werden lassen, wollten sie ihre Widersacher noch vor Butzbach abfangen. Wenn die erst einmal das Stadtgebiet erreicht hätten, würde es schwierig werden, sie an Ort und Stelle zu erledigen. Es wäre fatal, wenn sie es schaffen würden, Melissa und vor allem Ludipus bei der Polizei abzuliefern. Wenn der Junge erst mal kapiert hätte, dass auch er auf der Strecke bleiben sollte, gäbe es für ihn keinen Grund mehr, den Mund zu halten. Der ganze schöne Plan des Obersten wäre Makulatur und die geplante Flucht von ihm und seinen Leuten nach Südamerika unmöglich geworden.

Adamski wurde jäh aus seinen Gedanken gerissen, denn kaum fünfzig Meter vor ihm zuckten die Blaulichter der Polizeiwagen aus der Straßensperre auf. Wo kamen die denn alle auf einmal her? Der Gangster reagierte blitzschnell. Er verbot seinem Mitfahrer zu schießen, bremste scharf ab und wollte wenden, aber Heiner und die drei Leute im Cadillac seines Bruders waren weniger auf Zack. Das Jagdfieber hatte sie gepackt, und sie wollten ihre Beute auf keinen Fall entkommen lassen. Vor allem aber hatten sie übersehen, dass die drei Polizeiwagen auf der Straße bei Weitem nicht alles waren, was die Behörden aufgeboten hatten. Von den zahlreichen Scharfschützen, die gut getarnt neben der Straße auf sie warteten, hatten sie keine Ahnung.

Heiner bremste nur kurz ab, umrundete den Wagen seines Bruders und versuchte die Straßensperre zu durchbrechen. Gleichzeitig feuerten seine Begleiter einige schlecht gezielte Gewehrsalven auf die Beamten ab. Das hätten sie besser nicht getan, denn nun nahmen die Scharfschützen den Wagen unter Beschuss. Eine der Kugeln traf den Beifahrer, und nur eine Sekunde später wurde der linke Vorderreifen das Cadillac getroffen. Augenblicklich verlor Heiner die Gewalt über das Steuer, und der Wagen knallte in voller Fahrt zuerst in den Straßengraben und dann gegen eine dicke Buche unmittelbar dahinter.

Hellmuth, dessen Fahrzeug noch immer quer auf der Fahrbahn stand, begriff, dass seine einzige winzige Chance in der Flucht lag, und gab Vollgas. Die Reifen radierten über den Asphalt, und er hoffte bereits, entkommen zu können, da traf ihn eine Polizeikugel in der Schulter. Ihm schwanden die Sinne, der Geländewagen kam ins Schlingern, und sie rutschten in den Graben. Kurz bevor sein Kopf auf das Lenkrad schlug und ihm der Airbag entgegenkam, wurde ihm klar, dass sein Fluchtversuch gescheitert war.

Kaum war Peter durch die Lücke in der Straßensperre gefahren, wurde er von zwei Polizisten ein ganzes Stück weit in den Waldweg hineingelotst. Hinter ihnen wurde die Sperre dichtgemacht. Aus einem VW-Bus kam ihnen Dr. Max Steinmeier entgegen, und die Detektive stiegen schnell aus.

»Mein Gott, hatten Sie vielleicht ein Tempo drauf. Was sollte das eigentlich werden?«

»Wir haben gerade eine Szene für den nächsten Tatort gedreht«, sagte Peter wie aus der Pistole geschossen.

Max Steinmeier grinste in sich hinein und dachte sich seinen Teil, denn er kannte Peters Schlagfertigkeit, aber laut sagte er: »Lassen Sie uns zum Reden in den Bus gehen.«

Während sie einstiegen, hörten sie, wie auf der Straße geschossen wurde.

Kurz darauf meldete sich Steinmeiers Funkgerät, und er sprach hinein: »Okay, dann hauen wir hier ab. Es gibt auf der Lichtung noch viel zu tun. Vier Mann bleiben mit den Verletzten hier, bis der Notarzt kommt.«

Dann wandte er sich wieder den Detektiven zu und ließ sich den genauen Standort des Waldhauses erklären. Als er die Zusammenhänge verstanden hatte, wusste er, dass höchste Eile geboten war, und er trieb nicht nur seine Leute an, sondern befahl auch noch einem Untergebenen, die bereitstehenden Beamten von der Kripo in Gießen anzufordern.

»Haben Sie alle Verfolger erwischt?«, fragte Peter. »Soweit ich es gesehen habe, saßen im Geländewagen zwei und im Cadillac vier Personen.«

»Richtig, insgesamt waren es sechs. Der Fahrer und der Beifahrer des Cadillacs haben den Crash mit dem Baum nicht überlebt, und die Leute auf dem Rücksitz sind ziemlich schwer verletzt. Der Fahrer des Geländewagens hat einen Steckschuss in der Schulter abbekommen, aber das ist nicht weiter gefährlich. Sein Beifahrer ist nur leicht verletzt. Aber sagen Sie: Wen haben Sie uns denn da auf Ihrem Rücksitz mitgebracht?«

»Melissa Ebert, die Tochter unserer Auftraggeberin und Opfer dieser Sektenbande. Hoffentlich ist der Arzt bald hier, wir wissen nicht, wie stark das Zeug wirkt, das sie ihr gegeben haben. Gilt natürlich auch für den Kerl. Er heißt Ludipus. Er gehört zur mittleren Hierarchieebene und sollte sich ursprünglich mit dem Obersten und seinen Adjutanten absetzen. Aber seit Neuestem ist er in Ungnade gefallen. Nur weiß er selbst noch nicht, dass er das Schicksal seiner Glaubensbrüder teilen sollte, weil er ziemlichen Mist verzapft hat.«

»Und da haben Sie ihn gleich mitgebracht, damit wir ihn zum Auspacken kriegen? Spitze, meine Herren. Sie sind wirklich auf Zack, und ich kann es gar nicht fassen, dass man einen solch fähigen Mitarbeiter einfach aus dem Polizeidienst entfernt.«

»Für mich war es besser so, glauben Sie mir! – Sie sollten diesen Ludipus am besten gleich übernehmen.«

Als sie aus dem VW-Bus, der als Einsatzzentrale diente, stiegen, fuhren die ersten drei Mannschaftsbusse gerade los. Nur der Gefangenenbus mit den fünf Beamten als Fahrzeugbesatzung sowie der gerade eingetroffene Notarztwagen versperrten noch die Sicht auf Peters Auto. Einen Beamten hatte Steinmeier in der Nähe postiert. Als sie die Fahrzeuge umrundeten, sahen sie mit einem Blick, dass da etwas nicht stimmte, denn die hintere Beifahrertür von Peters Auto, die dem Wald zugewandt war, stand ein ganzes Stück weit offen.

»Ich hatte doch abgeschlossen und die Kindersicherung reingemacht«, murmelte Peter, aber dann fiel ihm ein, dass die hinteren Seitenscheiben nicht mehr existierten.

Mit drei schnellen Schritten war er am Auto und sah die Bescherung. Während Melissa noch tief und selig schlief, hatte Ludipus die Gunst des Augenblicks zur Flucht genutzt.

»Scheiße!«, fluchte Peter laut. »Wie konnte das passieren?« Hatte der Kerl nicht ebenso den Cocktail intus wie die anderen Opfer? War ausgerechnet der am Ende falsch dosiert?«

»Ja, genau, wie konnte das passieren?«, schrie Steinmeier den jungen Beamten an, der gar nicht wusste, wie ihm geschah. Seine Aufgabe war es schließlich nur gewesen, den Waldweg im Auge zu behalten, falls unbemerkt einer der Ganoven aus den gestoppten Wagen entkommen wäre und noch durchs Unterholz schlich.

»Den fangen wir schon wieder ein«, beruhigte Peter den Beamten.

»Kommen Sie mit Ihrem beschädigten Wagen überhaupt noch weit?«

»Klar. Es sind ja nur zwei Spiegel und zwei Scheiben zu Bruch gegangen.«

»Okay; wir fahren dann zum nächsten Einsatz.«

»Genau«, sagte Peter. »Sieht so aus, als ob wir uns eine weitere Nacht um die Ohren schlagen müssen.«

Nachdem Melissa auf eine Bahre gelegt und zum Notarztwagen gebracht worden war, brachen sie auf.

»Mist aber auch, der Typ hat ganze Arbeit geleistet«, sagte Annika verärgert, nachdem sie sich auch nach fast zwei Stunden noch kaum Bewegungsfreiheit verschaffen konnten. Noch immer lagen sie Seite an Seite im Bett und waren der Verzweiflung nahe.

»Wir sitzen ganz schön in der Tinte«, seufzte Verena. »Fällt euch denn gar nichts mehr ein, was wir tun könnten?«

»Was sollte das schon sein? Oder hast du einen Schraubendreher, um das Bettgestell vom Boden loszuschrauben.«

»Wartet mal«, sagte plötzlich Andrea, die in der letzten

halben Stunde nur still vor sich hin geweint hatte. »Da fällt mir … oder nein … vielleicht doch …«

Verena und Annika drehten die Köpfe zu ihr, und Annika sagte: »Red endlich, mir ist im Moment jeder Strohhalm recht.«

»Wenn ich mich recht erinnere, hat Markus, als er dieses Bett aufgebaut hat, erst die Füße auf dem Boden verschraubt, dann das Bettgestell auf so kleine Gewindestäbe an den Füßen aufgesetzt und mit Hutmuttern verschraubt. Er hat sich immer geärgert, weil er die so oft nachziehen musste.«

»Das hört sich doch gar nicht so schlecht an«, sagte Annika. »Du meinst, wenn wir die Hutmuttern unter der Matratze lösen könnten, müssten wir das Bett von den Füßen trennen können.«

»Genau.«

»Aber eines interessiert mich doch. Warum hat er die Füße des Bettes überhaupt am Boden verschraubt? War er von Anfang an so verrückt?«

»Nein, das war, weil … äh, das Bett beim Sex immer Geräusche auf dem Boden gemacht hat. Die Nachbarn hatten sich bereits beschwert.«

Nachdem das geklärt war, versuchten Annika und Verena sofort die Muttern zu erreichen und kamen trotz der Handfesseln sogar ganz gut dran, aber sie schienen bombenfest und bewegten sich kaum einen Millimeter.

»Wäre auch wirklich zu schön gewesen«, seufzte Annika, um dann hoffnungsvoll zu fragen: »Andrea, kannst du dich genug bewegen, um mir meine Geldbörse aus der Gesäßtasche zu angeln?«

»Willst du ihn bestechen? Das zieht nicht!«

»Ich kann mich beherrschen. Aber seit einigen Wochen

trage ich Geld und Papiere immer bei mir und nicht in der Handtasche. Dazu habe ich mir ein Herrenportemonnaie zugelegt. Das hat ein kleines Fach für einen USB-Stick, nur habe ich da ein winziges Schweizer Messer drin. Da sind einige Werkzeuge dran. Mal sehen, ob man was davon benutzen kann.«

8.

Lydia Ebert saß in der Küche und schälte Kartoffeln. Schon seit Tagen kochte sie immer wieder Melissas Lieblingsgericht in der Hoffnung, dass die Tür aufginge und die Detektive ihre Tochter zurückbrächten. Im Hintergrund lief ständig das Radio, und immer wenn die Nachrichten kamen, hörte sie ganz genau hin, ob etwas über die »Erleuchteten« gemeldet wurde.

Sie begann sich bereits zu fragen, ob die beiden, so viel Mühe sie sich auch gaben, überhaupt etwas ausrichten konnten, da wurde das Radioprogramm für eine wichtige Meldung der Polizei unterbrochen:

Heute um die Mittagszeit ist es den Beamten des Landeskriminalamtes gelungen, einen fingierten Massenselbstmord unter den knapp zweihundertfünfzig Anhängern der Sekte der »Erleuchteten« im letzten Moment zu verhindern. Die Beamten kamen gerade noch rechtzeitig, bevor das Waldhaus, in dem die mit Drogen betäubten Sektenmitglieder sterben sollten, in Flammen aufging. Ein Großteil der Führungsriege der Sekte sowie eine mit ihr kooperierende Verbrecherbande konnte gestellt und gefasst werden. Lediglich der Sektenchef und seine engsten Vertrauten sind noch auf der Flucht. Leider konnte trotz des vorbildlichen Einsatzes der Rettungskräfte vor Ort nicht verhindert werden, dass

*neun der Sektenmitglieder durch den verabreichten Drogen-
cocktail verstarben und weitere sechzehn in lebensbedroh-
lichem Zustand in die umliegenden Kliniken eingeliefert
wurden. Da auch die übrigen Sektenmitglieder noch immer
unter starkem Drogeneinfluss stehen und kaum ansprechbar
sind, werden alle Bürger, die einen Angehörigen an die Sekte
verloren haben, gebeten, sich mit dem LKA in Verbindung
zu setzen.*

Dann nannte der Sprecher noch eine Telefonnummer, unter der die Angehörigen sich melden konnten, aber Lydia
Ebert bekam das schon gar nicht mehr mit. Als sie von den
toten Sektenmitgliedern hörte, ließ sie sich erschrocken auf
den Stuhl zurücksinken, vergrub ihr Gesicht in den Händen und jammerte: »Melissa, Kind, dir wird doch nichts
passiert sein? Bitte, bitte, komm nach Hause!«

Sie wusste nicht, wie lange sie so dagesessen hatte, als
es an der Wohnungstür klingelte. Sie zuckte vor Schreck
zusammen, wischte sich die Tränen ab und schlurfte wie
in Trance der Tür entgegen. Insgeheim war sie sicher, es
würde die Polizei sein, um ihr schlechte Nachrichten zu
bringen.

Umso überraschter war sie, als sie Peter Stettner und Stefan Weimershaus vor der Tür stehen sah. »Wir haben gute
Nachrichten für Sie, Frau Ebert«, sagte Peter. »Wir haben
ihre Tochter Melissa gefunden, und ihr geht es einigermaßen gut.«

Lydia Ebert schluchzte erleichtert auf.

»Ist das wirklich wahr, oder träume ich vielleicht?«

Sie bat die beiden ins Wohnzimmer und bot ihnen etwas
zu trinken an.

»Ihre Tochter ist im Moment zur Untersuchung im Krankenhaus Bad Soden, und wenn ich den behandelnden Arzt richtig verstanden habe, spricht nichts dagegen, dass sie in zwei oder drei Tagen entlassen wird«, erklärte Peter der Mutter, deren blasses, verweintes Gesicht langsam wieder etwas Farbe angenommen hatte. »Morgen bekommt sie in der Klinik Besuch von einer Kriminalbeamtin, die sie zu ihren Erlebnissen in der Sekte befragen wird. Vielleicht sollten auch Sie zu Ihrer Tochter fahren, um alle Missverständnisse in der Vergangenheit auszuräumen.«

»Da … da haben Sie wohl recht, aber … kann ich nicht gleich zu meiner Tochter?«, stotterte Lydia Ebert.

»Lassen Sie ihr heute noch Zeit, sich etwas zu erholen.«

»Na… natürlich.«

Peter und Stefan mussten Lydia Ebert in der nächsten halben Stunde alles erzählen, was geschehen war.

Als sie fertig waren, sagte sie: »Da haben Sie sich mächtig ins Zeug gelegt. Es soll Ihr Schaden nicht sein. Die Reparatur Ihres Wagens übernehme selbstverständlich ich. Ist der Fall damit für Sie erledigt?«

»Nein«, sagte Peter entschieden. »Wir werden keine Ruhe geben, bis die führenden Köpfe dieser Sekte ebenfalls gefasst sind. Das geht aber zu unseren Lasten. Schließlich war es auch unser Fehler, dass dieser Ludipus entkommen konnte.«

Mit diesen Worten erhob sich Peter, und Stefan tat es ihm gleich. »Deshalb müssen wir nun auch wieder los. Wenn wir ihn nicht in den nächsten Stunden aufspüren, wer weiß, ob wir noch eine Chance haben, die anderen zu erwischen?«

»Meine Tochter ist jetzt in Sicherheit?«

»Davon gehen wir aus. Die Handlangertruppe des Obersten ist vollständig zerschlagen, und er selbst wird sich nicht in die Nähe der befreiten Sektenjünger trauen. Zumal sie auf fünf verschiedene Krankenhäuser verteilt wurden. Dennoch hat die Hofheimer Polizei eine erfahrene Beamtin zum Schutz Ihrer Tochter abgestellt, die vor ihrem Zimmer Wache halten wird.«

Verena und Annika bemühten sich unterdessen, die Verschraubungen des Bettgestells an den oberen Füßen zu lockern. Aber die Muttern waren unglaublich fest angeschraubt. Annika kratzte, stemmte und klopfte mit sämtlichen ihrer zur Verfügung stehenden Werkzeugen, aber ihre Bemühungen blieben vergebens.

Endlich, sie hatte schon fast aufgegeben und sich mit der letzten Kraft der Verzweiflung erneut dagegen gestemmt, da gab die erste Mutter mit einem Ruck nach. Leider hörte man im gleichen Augenblick auch Markus' Schritte im Flur näherkommen. Panik erfasste Annika, und hektisch wollte sie das Schweizer Messer unter ihrem T-Shirt verschwinden lassen, aber es war zu spät, Markus kam herein.

Zu allem Unglück glitt Annika das Taschenmesser aus der Hand, sodass es polternd zu Boden fiel.

»Was haben wir denn da?«, schrie Markus aufgebracht.

Er trat ans Bett heran, bückte sich und hob es auf.

Zum Glück zog er die falschen Schlüsse, denn er sagte gefährlich leise: »Das kannst du dir getrost sparen, du Schlampe. Die Schlösser der Handschellen bekommst du damit im Leben nicht auf.«

Dann zog er Annika kräftig an ihren schulterlangen Haaren und boxte ihr darauf so fest in die Seite, dass ihr die Luft wegblieb und ihr augenblicklich vor Schmerz die Tränen in die Augen schossen. Markus hatte seine helle Freude daran.

»Jetzt bekommst du Angst, was?«, höhnte er.

Dann fiel ihm auf, dass ihre Münder nicht mehr verklebt waren, und das schien seinen Zorn weiter anzustacheln. Er sah sie der Reihe nach mit seinem stechenden Blick an, und Andrea begann wie auf Kommando zu zittern.

Die Einzige, die sich scheinbar gar nicht davon beeindrucken ließ, war Annika. Sie erwiderte Markus' Blick ungerührt und blaffte ihn dazu sogar noch an: »Was bilden Sie sich denn eigentlich ein? Sie sind ein erbärmliches Würstchen, und vor so was habe ich gewiss keine Angst. Um mich zu beeindrucken, müssen Sie schon noch ein bisschen wachsen.«

Dass sie mit ihrer Taktik, ihn zu provozieren, gar nicht so falsch lag, zeigte sich sofort, denn das Taschenmesser, das er noch immer in der Hand hielt, und die Frage, was sie wohl damit gemacht hatten, verloren sofort jegliche Bedeutung. Er legte das Messer beiseite, zog stattdessen Annika mit aller Kraft an den Haaren so weit hoch, wie es ihre angekettete Hand zuließ, versetzte ihr eine schallende Ohrfeige und ließ sie wieder nach vorn fallen. Dann fasste er ihr lustvoll von hinten zwischen die Beine. Leider hatte er dabei nicht bedacht, dass er die Beine der drei zwar aneinandergekettet, aber so viel Spielraum gelassen hatte, dass Annika ihr Bein im Reflex hochreißen konnte, wenn sie das von Andrea mitzog. So kam es, dass es Andreas Fuß war, der Markus in die Weichteile traf.

»Au!«, war erst mal alles, was er hervorstieß, und es dauerte eine ganze Weile, bis er wieder Luft bekam. Dann sagte er: »Das hast du nicht umsonst gemacht, du Dreckshure. Du wirst schon noch sehen, was du davon hast.«

»Passen Sie lieber auf, was Sie sagen«, schleuderte Annika ihm entgegen. »Das wird eines Tages vor Gericht gegen Sie verwendet werden. Außerdem verbitte ich es mir, von Ihnen geduzt zu werden. Ich mache das mit Ihnen, obwohl Sie offensichtlich kein Benehmen haben, auch nicht.«

»Das wirst du noch bereuen, du Kratzbürste. Denk daran, du bist in der schwächeren Position.«

»Dass ich nicht lache. Sie Schwächling müssen erst drei Frauen anketten, damit Sie nicht heillos untergehen. Und wenn wir nicht angekettet sind, dann brauchen Sie Ihre Pistole, Ihren Schwanzersatz, um uns in Schach zu halten; Sie impotenter Waschlappen.«

Markus sah Annika entgeistert an, denn damit, dass eine der drei ihm Paroli bieten würde, hatte er nicht gerechnet. Diese Frau reizte ihn. Er war sicher, dass er sie sich nehmen würde. Wenn es sein musste, mit Gewalt. Er wusste nur noch nicht so genau, wie er das anstellen sollte.

Aber jetzt musste er erst einmal den Willen der drei brechen. Deshalb drehte er sich abrupt zum Fenster um, ließ den Rollladen herunter, schloss das Fenster und löschte beim Hinausgehen das Licht. Nun umgab die drei Frauen stockfinstere Nacht.

»Wie soll das jetzt weitergehen?«, jammerte Andrea mit tränenerstickter Stimme. »Er hat das Taschenmesser mitgenommen.«

»Entschuldige bitte, aber so kommen wir nicht weiter. Wir müssen unbedingt darüber nachdenken, welche Maßnahmen unsere bescheidenen Mittel noch zulassen.«

»Dem Saukerl hast du es jedenfalls ganz schön gegeben, Annika. Der hat die Schnauze erst mal voll«, sagte Verena fast zufrieden.

»Was hätte ich sonst machen sollen? Nachgeben hat schon Andrea nichts genutzt. Ich bin wenigstens zu diesem Vollidioten durchgedrungen.«

»Wie machst du das nur?«, fragte Andrea bewundernd. »Ich habe nicht dein Selbstbewusstsein.«

»Einfach reden, immer nur reden. Nur Mut, ihr zwei. Wir kommen hier schon raus.«

»Genau«, stimmte Verena ihr erneut zu, »meine Schraube ist locker.«

»Na klasse«, entfuhr es Annika unbedacht, worauf Verena, die vier Jahre zuvor schon einmal in der Hand von brutalen Gangstern gewesen war[2] und sehr lange gebraucht hatte, die traumatischen Erlebnisse zu überwinden, hysterisch zu kichern begann.

Andrea stimmte zuerst mit ein, begann dann aber hemmungslos zu weinen.

»Mensch, Mädels, reißt euch doch endlich mal zusammen«, sagte Annika ungeduldig. »Mit deinem Geflenne kommen wir auch nicht weiter, Andrea. Wo nimmst du eigentlich die ganzen Tränen her? Das wird mir immer ein Rätsel bleiben. Ich hab genauso viel Angst wie ihr, eine Scheißangst sogar, aber wenn wir uns hängen lassen, kommen wir nie hier raus. Wir müssen zusammenarbeiten, wenn wir eine Chance gegen ihn haben wollen. Denkt nach, ob euch noch was Besseres einfällt als mein Plan?«

»Welcher Plan?«, fragte Verena verwundert, und Annika antwortete: »Na ja, Plan ist vielleicht zu viel gesagt. So was Ähnliches halt.«

»Erzähl schon.«

»Du hast gesagt, deine Hutmutter wär bereits lose. Das bedeutet, wenn du sie ganz abdrehst, gibt das Bett auf deiner Seite schon etwas nach. Wenn wir uns gemeinsam und mit aller Kraft mehrmals in die andere Richtung werfen,

---

2   Vgl. Die Taunus Ermittler Band 4 Wo ist Verena?

sodass der Rahmen mitgeht, können wir vielleicht damit auch die Mutter auf meiner Seite lockern. Wenn beide Seiten offen sind und wir dann eine Aufstehbewegung machen, federt der Rahmen schon ganz schön nach. Vielleicht können wir damit die unteren Füße aus der Verschraubung reißen.«

»Klingt nicht schlecht. Aber das macht einen Riesenkrach«, gab Verena zu bedenken.

»Richtig, und deshalb warten wir besser, bis er das nächste Mal die Wohnung verlässt. Andrea, hast du eine Ahnung, wann das sein könnte?«

»Er muss bestimmt auch heute wieder auf Montage. Dann geht er so gegen zwanzig Uhr. Wie spät ist es eigentlich?«

»Siebzehn Uhr durch, würde ich mal schätzen«, sagte Annika, die geistesgegenwärtig genug gewesen war, auf ihre Armbanduhr zu sehen, bevor Markus das Licht gelöscht hatte.

Der Oberste saß in seinem Arbeitszimmer des kleinen Hauses am Stadtrand von Weilburg, das er vor etwa einem halben Jahr angemietet hatte. Er freute sich über seine Umsichtigkeit, sich vor der Erweiterung seiner Sekte nach Norden ein Rückzugsrevier geschaffen zu haben, das nur die Adjutanten und einige Unteradjutanten kannten. Dass er Ludipus und auch seine Schlägertruppe nicht eingeweiht hatte, erwies sich nun als Vorteil. So konnte er ohne Hektik von hier aus seine Flucht vorbereiten.

Aber er hatte noch weitere Trümpfe in der Hand, von denen selbst seine engsten Vertrauten nichts ahnten. Da war sein bürgerlicher Name, den auch Ambrosius, dem er im Grunde rückhaltlos vertraute, nicht kannte. Außerdem wusste niemand, wie er wirklich aussah. Er hatte darauf geachtet, dass ihn keiner von der Sekte jemals im Straßenanzug zu Gesicht bekam. Ambrosius und Carolus wussten nur, dass sein wallendes weißes Haar ein gut gearbeitetes Toupet und der lange weiße Bart lediglich angeklebt waren. Dass er in Wirklichkeit eine Vollglatze hatte und über zwei weitere dunkelhaarige Toupets verfügte, ahnten auch sie nicht. Auch von dem Tresor, in dem sich ein Koffer mit mehr als einer Million Euro in verschiedenen Währungen befand, wusste niemand. So konnte er sich, wenn wirklich alles schieflaufen sollte, immer noch alleine absetzen und erst mal abtauchen, ohne auf irgendwelchen Komfort verzichten zu müssen.

Schiefgegangen war in den letzten Wochen aber auch eine Menge. Nicht nur, dass seine Pläne, die Sekte nach Norddeutschland hin zu erweitern, gründlich danebengegangen waren, auch die Schießereien, die sich seine schlagkräftige Ganoventruppe mit der Polizei geliefert hatte, waren so gar nicht nach seinem Geschmack verlaufen. Vier Ganoven waren tot, fünf verletzt, acht verhaftet, und von zweien hatte er gar nichts mehr gehört. Vielleicht waren sie vorerst entkommen. Wenn diese oder die verhafteten acht erst mal auspackten – nicht auszudenken. Dass sein Geheimcamp im Wald aufgeflogen war und die meisten Jünger ihr geplantes Ende überlebt hatten, hatte bestimmt mit dem Wanderer zu tun, der vor einigen Tagen im Kloster aufgetaucht war. Hellmuth Adamskis Bruder hatte ihn sehr genau beschrieben, nachdem er beobachtet hatte wie dieser Mann Melissa Ebert vom Lagerfeuer wegschleppte.

Es klopfte an die Tür seines Arbeitszimmers, und Espisius, einer seiner Unteradjutanten, steckte seinen Kopf zur Tür herein. »Meister, müssten denn die anderen nicht längst zurück sein?«

»Allerdings, aber sie müssen erst das Geld ausgraben«, sagte er und dachte: Außerdem überwachen Ambrosius und Carolus die vier. »Geh du zu deinem Glaubensbruder und verpack das Geld weiter, das die anderen heute Morgen gebracht haben. Es soll schließlich in unsere Maschine passen, wenn wir morgen …«

Während der Oberste sprach, ging unten die Haustür auf, und die vier Unteradjutanten, die das Geld ausgegraben hatten, kamen zurück. Der Oberste stand auf und ging die Treppe hinunter, ihnen entgegen.

»Habt ihr alles geschafft?«

»Eine Stelle leider nicht, denn es war schon zu spät. Es wurde bereits dunkel, und wenn wir dort noch hingefahren wären, hätten wir den Platz mitten im Wald nicht gefunden.«

Als Stefan nach Hause kam, um sich kurz frisch zu machen und umzuziehen, wunderte er sich, dass Verena nicht da war und auch keine Nachricht hinterlassen hatte.

Na ja, sie wird bei Annika sein, dachte er und duschte ausgiebig. Als er aus dem Bad kam, sah er den Anrufbeantworter blinken und hörte die Nachricht ab.

»Hallo Verena und Stefan«, drang die Stimme seines Schwiegervaters ihm entgegen. Wir sind's, Joachim und Sabine. Morgen Nachmittag so gegen sechzehn Uhr werden wir wieder zu Hause sein. Wir bringen euch die Zwillinge gleich vorbei. Ihr brennt sicher darauf, eure Kinder wiederzusehen. Nutzt euren letzten freien Tag gut aus! Und tschüss.«

Stefan hörte die Nachricht noch einmal und stellte verwundert fest, dass sie bereits um zehn in der Früh aufs Band gesprochen wurde. Es war schon sonderbar, dass

Verena das noch nicht abgehört hatte. Sogar wenn sie unterwegs waren, hörte sie den AB oftmals zwischendurch per Fernabfrage ab.

Deshalb rief er kurzerhand bei Peter an, der sich nach diesem langen Arbeitstag ebenfalls nach einer Dusche gesehnt hatte.

»Hallo, ist Verena bei euch?«

»Nein, Annika ist auch nicht da. Die beiden wollten doch heute nach Frankfurt zum Shoppen gehen.«

»Jetzt wo du's sagst, fällt's mir auch wieder ein. Ich hab nicht mehr dran gedacht.«

»Das ist mal wieder typisch für dich.«

Eine halbe Stunde später saßen Stefan und Peter Claus Mergentheimer in dessen Hofheimer Bungalow gegenüber.

»Gott sei Dank, ihr seid wohlbehalten zurück. Dr. Steinmeier hat mich angerufen und mir Bescheid gesagt. Seitdem warte ich auf euch.«

»Da siehst du mal, wie das ist«, schob Peter belustigt nach. »Genauso geht's uns mit dir, aber mach mal halblang. Uns ist doch nichts passiert.«

»Ein Segen, denn das hätte auch anders ausgehen können.«

Dann erzählten die Detektive abwechselnd von Melissa und Ludipus und was es mit diesem Typen auf sich hatte, wie er entkommen konnte und dass sie ihn unbedingt wiederfinden mussten.

Claus, der schon einige Fakten aus Wiesbaden erfahren hatte, fragte verwundert: »Warum denn ihr? Das können doch auch Steinmeier und seine Truppe machen! Ihr habt weiß Gott genug geleistet und euren Job mit Bravour erledigt. Melissa ist im Krankenhaus und in Sicherheit. Was wollt ihr mehr?«

»So weit, so gut, aber gegenüber der Polizei singt Ludipus niemals. Zumindest nicht so schnell. Denn wenn meine Theorie stimmt, dann hauen der Oberste und seine Gehilfen in den nächsten zwei, drei Tagen mitsamt ihrem ergaunerten Geld aus Deutschland ab, und das möchte ich verhindern.«

»Unsere Theorie und unser Plan, so viel Zeit muss sein!«, rief Stefan eingeschnappt, führte dann aber weiter aus: »Wenn wir Ludipus zuerst schnappen und ihm zusichern, ihn dafür in Ruhe zu lassen, wird er uns vielleicht freiwillig den richtigen Tipp geben.«

»Tipp hin oder her. Eure Ideen gefallen mir nicht so recht. Schließlich war er es, der Carola belästigt hat.«

»Du bekommst natürlich auch einen Tipp von uns, wo du ihn finden kannst, und kannst dann Stein… oh, beinahe hätte ich Steinbeißer gesagt, davon unterrichten. Das braucht Ludipus aber nicht zu wissen.«

»So klingt das schon viel besser«, sagte Claus, und Peter nutzte die Gunst der Stunde, um zu fragen: »Habt ihr irgendwelche Infos über den Kerl?«

»Sogar sehr detaillierte. Dieser Ludipus heißt mit bürgerlichem Namen Thomas Wenzel und war, bevor er zu der Sekte stieß, ein Straßenkind und ein begnadeter Taschendieb. Das Frankfurter Bahnhofsviertel war sein bevorzugtes Arbeitsgebiet und das vorzugsweise am späten Abend. Er ist dort mehrere Male aufgefallen, aber nie wurde bei ihm etwas gefunden. Nicht ein Diebstahl ließ sich nachweisen. Er ist schon mit vierzehn bei seiner Mutter, einer heillosen Trinkerin und früheren Obenohne-Bedienung in einer Nachtbar, ausgezogen oder besser gesagt, er hat das Straßenleben ihrer Gesellschaft vorgezogen. Falls ihr sie befragen wollt, sie wohnt in der

Uhlandstraße unweit des neuen EZB-Gebäudes. Ich kann mir aber kaum vorstellen, dass sie überhaupt weiß, wo ihr Sohn zu finden ist.«

»Wir schon«, sagten Peter und Stefan wie aus einem Munde, und Peter schob schnell nach. »Weiß Steinmeier das auch alles?«

»Eher nicht, denn offiziell existiert über seine Zeit als Thomas Wenzel keine Polizeiakte. Erst seit er sich Ludipus nennt, taucht er in den Akten auf. Ich hab meine Infos vor rund sechs Wochen inoffiziell von einem Frankfurter Beamten bekommen, als ich ihn genauso inoffiziell nach den ›Erleuchteten‹ gefragt habe, nachdem Carola von denen belästigt wurde.«

»Danke, Claus, du hast bei uns was gut. Wir werden sofort nach Frankfurt fahren und im Bahnhofsviertel anfangen. Schließlich braucht er Geld, denn er muss auch etwas essen. Was liegt da näher, als seiner gewohnten Tätigkeit nachzugehen?«

Während die Detektive Richtung Frankfurt fuhren, sagte Peter: »Wir werden in der Kaiserstraße parken und getrennt unauffällig über Elbe-, Mosel- und Taunusstraße schlendern. Allerdings werden wir dabei in Sichtweite bleiben.«

Genauso machten sie es, und als sie sich gegen einundzwanzig Uhr am Auto wiedertrafen, um Zwischenbilanz zu ziehen, waren sie ziemlich ernüchtert. Zuvor waren sie noch gemeinsam über den Baseler Platz geschlendert und hatten sich unauffällig eine große Menschenmenge an der Straßenbahnhaltestelle angesehen, aber auch hier war ihnen nichts aufgefallen, was auf Ludipus hindeutete.

»Was machen wir jetzt?«, fragte Stefan ziemlich ratlos.

»Gut Ding will Weile haben«, bemerkte Peter trocken. »Lass uns in Ruhe nachdenken.«

»Bis dir was eingefallen ist, sind die Gangster über alle Berge.«

»Jetzt hör dir mal diesen Mann an, das ist doch …« Peter verschluckte den Rest des Satzes und schob stattdessen nach: »Mir fällt was ein. Hat Claus nicht was von seiner Mutter erzählt?«

»Stimmt, die hatte ich, weil mir deine Idee, Ludipus bei der Arbeit zu erwischen, so gut gefiel, gar nicht mehr auf dem Schirm. Lass uns hinfahren und sie ausquetschen. Vielleicht weiß sie doch mehr, als Claus meint.«

Zum Glück waren die Straßen der abendlichen Stadt bei Weitem nicht mehr so vollgestopft wie tagsüber, und so schafften sie es in Rekordzeit, immer am Mainufer entlang auf die östliche Seite der Innenstadt zu gelangen. Vor der Sonnemannstraße bogen sie in die Obermainanlage ab, ließen das Gelände, auf dem in den letzten Jahren die neue EZB in den Himmel gewachsen war, rechts liegen, und fuhren durch das Viertel zwischen Hanauer Landstraße, Ostbahnhof und Mainufer, wo es noch alte, teilweise auch etwas heruntergekommene Häuser gab. »Wer weiß, wie lange es hier noch preiswerten Wohnraum gibt?«, sinnierte Peter. »Die Banker werden in Rekordzeit auch dieses Viertel umkrempeln.«

»Leider«, stimmte Stefan zu. »Die wenigen noch verbliebenen alten Fassaden werden im neuen Glanz erstrahlen. Aber dahinter gibt es dann nur noch luxussanierte riesige Eigentumswohnungen. Für Leute mit ganz normalem Einkommen, für die Oma, die ihr ganzes Leben im Viertel verbracht hat, oder den Tante-Emma-Laden von gegenüber bleibt keine Luft mehr zum Atmen. Wieder ein totsaniertes Viertel mehr, schade.«

Kurz darauf hatten sie die Hanauer Landstraße erreicht, fuhren einige hundert Meter Richtung Osten und bogen dann nach rechts in die Uhlandstraße ab. Im Gegensatz zu dem Gebiet um die Bank, wo bereits eine rege Abriss- und Bautätigkeit eingesetzt hatte, schien hier die Zeit noch den Atem anzuhalten. Altbauten, die zumindest von der Straßenseite her meist in recht gutem Zustand waren, dunkle Hinterhöfe und Zweckwohnbauten aus den frühen sechziger Jahren standen friedlich nebeneinander, und es schien so, als ob das noch ewig so weitergehen könnte. Die schmalen Bürgersteige waren Stoßstange an Stoßstange zugeparkt, und es grenzte geradezu an ein Wunder, dass sie hier noch einen freien Parkplatz fanden.

Beim Aussteigen fragte Stefan: »Welche Hausnummer? Ich kann mich nicht erinnern.«

»Kunststück, Claus hat ja auch keine genannt. Wir werden wohl suchen müssen.«

»Auch das noch. Wie gut, dass ich wenigstens zwei Taschenlampen im Auto habe. Du nimmst die eine Straßenseite; ich die andere.«

Die Detektive hatten Glück, denn schon beim fünften Haus, einem weniger gut gepflegtem Altbau, wurde Stefan fündig. »Clara Wenzel« stand trotz des schummrigen Lichts der Straßenlaterne gut lesbar auf dem Klingelschild. Die Dame wohnte im dritten Stock.

»Nicht mal einen Aufzug gibt es hier«, beschwerte Stefan sich, eilte dann aber noch vor Peter die ausgetretenen und knarrenden Holzstufen hinauf.

Als sie oben angekommen waren, empfing sie eine Frau, die zwar noch nicht mal fünfzig sein konnte, der aber hundert Jahre Lebenserfahrung ins Gesicht geschrieben standen. Ihre Figur, so schien es jedenfalls in der trüben Beleuchtung des Treppenhauses, schien noch ganz passabel zu sein.

»Oh, gleich zwei Männer auf einmal«, sagte sie leicht lallend. »Das kostet dann aber was extra.«

Die Frau hielt sich vermutlich mit Gelegenheits-Prostitution über Wasser, um nicht gänzlich im Sumpf der Trunksucht unterzugehen.

Als Stefan und Peter näher traten, schob sie hektisch nach: »Entschuldigen Sie bitte, die Herren Kommissare. Das war nur ein Scherz, denn so eine bin ich natürlich nicht.«

»Wir sind nicht von der Polizei«, beeilte Peter sich zu versichern, und Stefan schob nach: »Wir sind Detektive und suchen Ihren Sohn.«

»Gute Idee«, rief sie verdächtig laut aus. »Dabei helfe ich Ihnen nur zu gerne, denn ich wüsste selbst gern, wo dieser Lümmel wieder mal steckt.«

»Woher dieser Sinneswandel? Das hat Sie bislang doch auch nicht allzu sehr interessiert«, fragte Stefan gerade, da hörten sie, wie irgendwo in der Wohnung ein Fenster klapperte.

»Sie haben uns nicht die Wahrheit gesagt; er ist doch bei Ihnen«, rief Peter aus und schob die Frau, die ihm beinahe freiwillig das Feld räumte, kurzerhand beiseite.

Schnell rannten die beiden Detektive in die Küche, deren Fenster zum Hinterhof ging, und sahen hinaus. Auf dem seitlich angrenzenden Flachdach, das nur gut zwei Meter tiefer lag, sahen sie gerade noch einen jungen Mann in der Dunkelheit verschwinden. Um ihm hinterherzuhetzen, war es allerdings schon zu spät.

»Das haben Sie sauber hinbekommen, Frau Wenzel«, sagte Peter zornig, angesichts ihrer noch immer existierenden mütterlichen Solidarität aber auch mit ein bisschen Bewunderung. »Wollen Sie uns wenigstens sagen, wohin Ihr Sohn jetzt will?«

»Woher soll ich denn das wissen?«, begehrte Clara Wenzel auf, nahm die Weinflasche vom Tisch, hielt sie Peter vor die Nase und fragte: »Wollen Sie einen Schluck?«

»Sie sind doch nicht ganz …«, begann Peter, der langsam die Geduld verlor, aber Stefan meinte: »Komm, lass uns gehen, das bringt sowieso nichts«, und zog Peter kurzerhand mit aus der Wohnung.

Zurück im Wagen, fragte Peter: »Was sollte das denn eben? Ich hätte aus der Alten schon rausgequetscht, wo wir ihren Sohn finden.«

»Kann sein, aber du hättest dich dabei ins Unrecht gesetzt, und sonst bist du es immer, der mir ungestümes Handeln vorwirft. Ich wollte dich nur vor einer Riesendummheit bewahren.«

»Im Grunde weiß ich ja, dass du recht hast. Aber jetzt müssen wir wieder bei null anfangen, und ich würde diesen Mördersumpf zu gern trockenlegen.«

»Nicht nur du, aber wer sagt uns denn, dass das nicht gelingt? Ludipus hat einen Riesenfehler begangen. Außerdem habe ich mich, als du rumgewütet hast, in der Küche umgesehen und einen Zettel mit einer Adresse entdeckt. Ich hab den Wisch schnell in meiner Hosentasche verschwinden lassen.«

»Prima, spitze, das hast du super gemacht. Und was steht drauf?«

»Eduard Powenke, Moselstraße.«

»Was? Das ist doch Ganoven-Ede. Das war seinerzeit ein

Passfälscher allererster Sahne. Er war einer der ersten, die schon Mitte der achtziger Jahre ausschließlich mit Computertechnik arbeiteten. Der müsste inzwischen doch fast achtzig sein. Dass der noch aktiv ist? Na ja, egal – nichts wie dorthin. Wenn wir uns beeilen, sind wir vor Ludipus da und können ihn abfangen, bevor er merkt, dass er den Zettel nicht hat.«

Unter Missachtung sämtlicher Verkehrsregeln fuhr Stefan in die Kaiserstraße zurück. Sie stellten den Wagen dort ab und liefen hinüber in die Moselstraße. Unterwegs holten sie sich noch schnell einen Hamburger, da sie seit bestimmt zehn Stunden nichts mehr gegessen hatten. Während sie den Snack in Windeseile verspeisten, suchten sie bereits die Umgebung ab, und plötzlich zuckte Peter zusammen.

»Schau mal, der da drüben gerade an der Bar vorbeigeht, das ist doch unser Ludipus. Oder etwa nicht?«

Statt zu antworten, spurtete Stefan einfach los und Peter hinterher. Die Detektive erreichten das Haus in der Moselstraße gerade noch rechtzeitig, bevor die Haustür wieder ins Schloss fiel. Sie betraten einen völlig verwahrlosten Flur. Obwohl das einst verruchte Bahnhofsviertel in den vergangenen Jahren schon alleine wegen der direkt angrenzenden Banktürme viel von seinem schlechten Ruf verloren hatte, gab es immer noch zahlreiche Häuser, an denen diese Entwicklung spurlos vorübergegangen war. Die schmutzige, viel zu schwache Glühbirne, die nackt von der Decke herabbaumelte, erhellte das Treppenhaus nur wenig, aber dank Peters ausgezeichnetem Gehör wussten sie, dass Ludipus sich im zweiten Stock befand und noch weiter nach oben stieg. So schnell und leise wie nur möglich folgten sie ihm und hatten ihn eingeholt, als er eine Kammer ganz unterm Dach aufschloss. Der junge Mann hatte gerade das

Licht eingeschaltet, als er Peter und Stefan bemerkte. Er fuhr herum und starrte die beiden wie Wesen aus einer fremden Welt an.

»Scheiße, die Bullen. Wie habt ihr mich gefunden?«

»Wir sind keine Bullen, nur Detektive. Aber wir wissen, dass Ganoven-Ede die Dachkammer an Leute vermietet, die untertauchen müssen«, log Peter dreist drauflos.

»Was macht denn das für einen Unterschied? Ich bin doch so oder so geliefert.«

»Nicht unbedingt. Denn wir sind nicht an dir interessiert, sondern am Obersten und seinen Adjutanten. Wir arbeiten für Melissas Mutter und wollen das Geld wiederbeschaffen, dass er ihr abgenommen hat.«

»Warum sollte ich euch helfen?«

»Weil wir, wenn du kooperativ bist, vielleicht vergessen, dass wir dich hier gefunden haben. Und außerdem, hat dich der Oberste nicht auch beschissen? Er wollte dich zusammen mit den anderen töten.«

»Nein!«, schrie Ludipus fast schon. »Er hätte mich trotzdem mitgenommen. Es sollte nur ein Denkzettel sein.«

»Dann denk wenigstens jetzt mal in Ruhe nach. Warum hätten Adamskis Leute dich ins Haus tragen sollen, wenn du nicht mit den anderen sterben solltest. Unsere Verfolger waren auch nicht gerade zimperlich, als sie uns von der Straße ballern wollten. Haben die da Rücksicht auf dich genommen?«

Man konnte förmlich sehen, wie es hinter Thomas Wenzels Stirn arbeitete. Er wusste natürlich, dass die Männer recht hatten. Als am Lagerfeuer die Becher verteilt wurden, hatte ihn nach einem ersten Schluck ein jähes Misstrauen erfasst, und er hatte den Rest des Getränks unbemerkt ins Gras gekippt. Zugleich aber zeigte die Gedankenmanipulation der Sekte noch immer ihre Wirkung, und er spürte nach wie vor so etwas wie Loyalität für seine Leute, die mit seinem eigenen Überlebenswillen rang.

Doch schließlich sagte er: »Also, ihr lasst mich aus der Sache raus, wenn ich euch einen Tipp gebe?«

»Kommt darauf an, was wir damit anfangen können.«

»Die wollen sich morgen oder übermorgen ins Ausland absetzen.«

»Danke, aber so weit waren wir selbst schon. Da müsste schon ein bisschen mehr kommen. Zum Beispiel wohin?«

»Nach Südamerika, genauer gesagt nach Argentinien.«

»Schon besser, aber auch das reicht noch nicht. Wie wollen die fort? Haben sie das Geld dabei? Oder ist das etwa schon im Ausland? Sie können schlecht mit dem Zug Deutschland verlassen und einen Schrankkoffer voller Geld mitnehmen.«

»Der Zaster ist noch hier, da der Oberste misstrauisch ist. Er hat es an verschiedenen Orten vergraben lassen. Das muss erst geholt werden. Der Oberadjutant …«

»Ambrosius?«

»Genau, Donnerwetter, Sie sind wirklich gut informiert.«

»Was ist mit Ambrosius?«

»Ihm vertraut der Oberste blind, aber auch der macht Fehler«, sagte Ludipus fast schon triumphierend. »Er hat mir mal in einem unbedachten Moment gesagt, dass der Oberste noch drei, vier Jahre Norddeutschland abgrasen will und dann erst all das Geld ins Ausland …«

»Ach so, und weil die Sache in Norddeutschland schiefgegangen ist, musste es nun schnell gehen.«

»Also, auf welchem Weg?«, hakte Stefan sofort nach.

»Der Oberste hat eine leistungsstarke Maschine auf dem

Flugplatz in Egelsbach stehen. Sie hat zehn Sitze und einen kleinen Frachtraum.«

»Fliegt er selbst?«

»Ja, Ambrosius und er haben Pilotenscheine.«

»Weißt du was über die Flugroute?«

»Nein – oh, Entschuldigung, doch ja, natürlich. Sie wollten nonstop bis zu den Kapverden, um dort in eine andere Maschine umzusteigen.«

»Gut, das war's von unserer Seite … danke für deine Mitarbeit.«

»Ihr verpfeift mich aber nicht?«

»Niemals«, erklärte Stefan so überzeugend, dass es sogar Peter verblüffte.

Dann verließen die Detektive schnell das Haus und gingen schweigend zum Wagen. Noch bevor sie das Auto erreichten, zog Stefan sein Handy aus der Tasche.

»Du willst doch hoffentlich nicht jetzt Verena anrufen; dafür haben wir echt keine Zeit.«

»Nein, ich …«

»Warte mal, bis wir im Auto sitzen. Wer weiß, ob die Dachkammer nicht ein Fenster zur Straßenseite hin hat und Ludipus uns beobachtet.«

»Fahr du, Peter«, bat Stefan kurz darauf und stieg auf der Beifahrerseite ein. Dann wählte er auch schon die Rufnummer von Claus.

Noch bevor sie die Kaiserstraße verließen, hatte er ihn schon an der Strippe. Er berichtete ihm, was sie erfahren hatten, und endete mit den Worten: »Er wohnt zurzeit im Haus von Powenke ganz unterm Dach.«

»Fragt sich nur noch, wie lange«, rief Peter dazwischen. »Ich fürchte, dass er schon bald türmen wird, weil er sich nicht auf unser Wort verlässt.«

Als Stefan das Gespräch beendet hatte, fragte Peter: »Wie spät ist es?«

»Beim Gongschlag – Mitternacht.«

»Dann fahren wir nach Sachsenhausen in die Textorstraße. Dort kenne ich ein Lokal, in dem man um diese Uhrzeit noch was zu essen bekommt.«

9.

Gegen halb neun am Abend hatte Markus Mautz tatsächlich die Wohnung verlassen und die drei Frauen allein in ihrem Gefängnis zurückgelassen. Annika, Verena und Andrea arbeiteten unterdessen unermüdlich daran, die Schrauben zu lösen. Das stellte sich jedoch als noch schwieriger heraus als erwartet, denn nachdem sie eine Schraube an Annikas Seite entfernt hatten, stellten sie erschrocken fest, dass es eine zweite gab. Annika zerrte verzweifelt an dem Bettgestell, aber es saß bombenfest und wollte nicht nachgeben.

Als es Mitternacht war, hatten sie die Hoffnung schon fast aufgegeben, dennoch schafften sie es irgendwie. Gegen drei Uhr in der Früh gab plötzlich die zweite Schraube nach, und als erst mal eine Seite locker war, stellte auch die zweite kein Problem mehr dar. Gegen fünf Uhr hatten sie es geschafft, das Kopfteil des Bettgestells vom Rest zu lösen.

»Hoffentlich kommt der Idiot jetzt nicht zurück«, sagte Verena, und Andrea beruhigte sie: »Vor neun kommt er selten, oftmals noch später.«

»Dann haben wir noch viel Zeit. Lasst uns jetzt versuchen, die unteren Bettfüße aus der Verankerung am Boden zu reißen«, sagte Annika. »Wir ruhen uns jetzt zehn Minuten aus, sammeln neue Kräfte und versuchen, uns mit einem Ruck aufzurichten.«

Der erste Versuch verlief enttäuschend. Das Bettgestell hob sich am Kopfende zwar fünf Zentimeter aus der Verankerung, aber die Füße gaben keinen Millimeter nach. Nicht einmal ein bemühtes Ächzen konnten sie der Verschraubung entlocken.

Dafür war plötzlich ein Scharren an der Wohnungstür zu hören.

»Verdammt, der Typ kommt zurück«, sagte Verena laut, und Annika flüsterte: »Seid doch mal ruhig.«

Angestrengt lauschten die drei Frauen in die Stille hinein, aber es war nichts mehr zu hören. Wenn das nicht Markus war, wer dann?

Ohne sich abzusprechen und nahezu synchron begannen die drei Frauen um Hilfe zu rufen, obwohl sie von Andrea wussten, dass in diesem anonymen Kasten Schreie oft ungehört verhallten. Jeder war sich eben selbst der Nächste. Hätten sie zudem geahnt, dass es nur der nahezu taube Rentner vom anderen Ende des Flures war, der mit seinem Hund auf seiner frühmorgendlichen Runde war, hätten sie sich ihre Bemühungen sparen können.

Als sie merkten, dass nichts geschah, packte sie der Zorn, und sie zerrten mit aller Kraft am Bettgestell. Und diesmal hatten sie Erfolg. Ein reißendes Geräusch sagte ihnen, dass sie auf dem richtigen Weg waren und ihre Bemühungen wahrscheinlich bald von Erfolg gekrönt sein würden.

»Wir zählen bis fünf und dann nochmal«, kommandierte Annika, die als Einzige nicht eine Sekunde lang den Mut zu verlieren schien.

Gegen halb sieben war Markus Mautz auf dem Heimweg. Seine Einbrecherkumpane hatten ihn kurzfristig zu einem richtig guten Coup bestellt, bei dem es mehr abzusahnen gab als sonst. Das hatte seine verfahrene Situation deutlich verbessert. Schließlich war ihm trotz allem klar, dass er sich mit dieser Geiselnahme ein ziemliches Kuckucksei ins Nest gelegt hatte. Bislang hatte er nicht recht gewusst, wie es weitergehen sollte, aber das war ihm nun dank seiner neuen Kumpels klar.

Er hatte schon nach den letzten Einbrüchen so einiges auf die Seite legen können, und zusammen mit seinem diesmaligen Anteil, der allein schon fünfundzwanzigtausend Euro betrug, würde er sich absetzen können. Die drei Frauen würde er allerdings erschießen müssen – das ließ sich nun nicht mehr vermeiden. Danach konnte er erst mal abtauchen, bis er sein Geld hatte und dann – ab in ein neues Leben.

Plötzlich begann er zu grinsen und murmelte: »Vorher können wir vier aber noch ein bisschen Spaß haben. Leider nicht alle auf einmal, aber nacheinander. Die Älteste von denen sieht noch verdammt gut aus; auf die bin ich richtig scharf. Mit ihr fange ich an.«

Voller Vorfreude beschleunigte er seinen Wagen und brauste Liederbach entgegen.

Draußen wurde es gerade hell, aber davon bekamen die drei Frauen im abgedunkelten Zimmer nur wenig mit. Die zwei kleinen Spalten am oberen Ende, die der herabgelassene Rollladen ihnen von der Morgendämmerung zukommen ließ, reichten im Moment noch nicht einmal aus, um die Konturen der Möbel zu erkennen.

Noch immer hatten die Frauen es nicht geschafft, die Schrauben der Bettfüße vollständig aus dem Boden zu reißen. Markus Mautz schien ganze Arbeit geleistet zu haben. Das Bett war nicht nur am Holzfußboden, sondern sogar im Beton der darunterliegenden Decke verankert. Aber endlich war es geschafft. Beim sechsten oder siebten Ruck, mit dem sich die drei aufzurichten versuchten, gab das Bett plötzlich nach und riss aus der Verankerung. Da ihre Füße kaum über den Bettrand hinausragten, war es, am Bett festgeschnallt, gar nicht so leicht, stehend die Balance zu halten. Zum Glück konnten sie es vermeiden umzufallen, denn hätten sie erst mal am Boden gelegen, wäre es fraglich gewesen, ob sie es geschafft hätten, noch einmal auf die Beine zu kommen.

So aber konnte Andrea, die auf dem Rücken gelegen und nun als Einzige freie Sicht in den immer noch fast vollständig dunklen Raum hatte, die anderen mit Tippelschritten in Richtung Lichtschalter dirigieren.

»Ich wusste gar nicht, dass das Zimmer so groß ist«, scherzte Verena, als sie endlich wieder genug sahen.

Dann marschierten sie weiter zum Schrank.

Markus hatte in seiner grenzenlosen Selbstüberschätzung den Schlüssel stecken lassen, denn er glaubte, dass sie niemals bis dorthin gelangen könnten. Außerdem wusste er nichts von Andreas Handy.

Andrea schloss auf, wühlte sich durch den Wäschestapel, was mit zwei fremden Armen im Schlepptau gar nicht so einfach war, hatte das Mobiltelefon aber schnell gefunden.

»Seht her!«, rief sie laut und hoffnungsvoll; dann reichte sie es in einem fast schon akrobatischen Akt an Verena weiter.

»Nicht so laut«, warnte Annika. »Es könnte schließlich sein, dass Markus ausgerechnet heute früher zurückkommt. Wenn er uns das Handy abnimmt, haben wir verloren. Es ist die einzige Verbindung zur Außenwelt. Und wer weiß, was dieser Irre noch mit uns anstellen will.«

»Weißt du Claus' Telefonnummer am Arbeitsplatz?«, fragte Verena.

»Ja«, sagte Annika und diktierte ihr die Nummer. »Hoffen wir, dass er Frühschicht hat. Mach schnell!«

Verena hörte am Klicken, dass das Gespräch umgeleitet wurde, also war Claus vermutlich mit dem Auto unterwegs.

Es dauerte nur wenige Sekunden, bis er sich meldete, aber den Frauen kam es wie eine Ewigkeit vor.

»Claus, hier spricht Verena Weimershaus, und ich muss mich kurz fassen. Wir haben nicht viel Zeit zum Reden. Ich bin mit Annika bei einer Freundin von mir, Andrea Dehler. Ihr Lebensgefährte hält uns in seiner Wohnung gefangen und kann jederzeit zurückkommen. Liederbach, Heidesiedlung, Gartenstraße bis zum Ende durchfahren, Hochhaus fünfter Stock. Bitte komm schnell und hole uns hier raus!«

»Verdammte Scheiße!«, fluchte Claus lautstark im Auto und funkte sofort seinen Kollegen Hans Heisslitz im Büro an.

»Hans, es brennt!«, rief er in den Hörer. »Eile tut not! Ich muss doch zu dieser Befragung, die lässt sich leider nicht verschieben.«

Er erklärte den Sachverhalt und bat Hans, mit zwei Kollegen sofort zu der von Verena angegebenen Adresse zu fahren. »Bring mir bitte die Sicherheitsweste mit! Ich komme so schnell wie nur möglich nach!«

»Meinst du, die brauchen wir?«, hörte er die Stimme seines Kollegen aus dem Lautsprecher, und er erklärte ihm: »Wenn dieser Mann es schafft, drei Frauen in Schach zu halten, muss er bewaffnet sein. Andernfalls hätte ihn zumindest Verena außer Gefecht gesetzt.«

Wenige Augenblicke später, Claus fuhr gerade die gewundene Steigungsstrecke nach Langenhain hinauf, kam er zu der Erkenntnis, dass das Leben der drei Frauen höher einzustufen sei als die Aufklärung eines Einbruchs in die Villa eines bekannten Schauspielers, auch wenn dieser mit Schuchheim befreundet war. Er wendete mit einem waghalsigen Manöver auf dem Parkplatz des Waldfriedhofs und brauste mit deutlich überhöhter Geschwindigkeit nach Hofheim zurück. Unterwegs wählte er die Nummer von Peter, bekam aber keinen Anschluss. Auch bei Stefan hatte er kein Glück, obwohl er es mehrmals versuchte. Schließlich gab er auf und fuhr mit Vollgas nach Liederbach, denn dieser fraglos gefährliche Mann konnte jederzeit in die Wohnung zurückkehren.

Kaum hatte Verena das Gespräch beendet, ging die Zimmertür auf, und Markus trat ein. Sie konnte das Telefon gerade noch unter ihrem Pulli verschwinden lassen, bevor Markus Mautz es entdecken konnte. Aber was er sah, machte ihn auch so wütend genug.

»Was soll denn das?«, brüllte er los. »Ihr wollt euch befreien? Habe ich das erlaubt? Das schreit doch direkt nach Strafe.«

Mit einem großen Schritt war er bei ihnen und boxte Andrea in den Bauch, sodass ihr die Luft wegblieb und ihr augenblicklich die Beine wegknickten. Da nun das Gewicht des ganzen Bettrahmens und auch noch das von Andrea auf den beiden anderen lastete, setzten sie den Rahmen ab und starrten Markus fassungslos an.

»Ist was?«, fragte der nur, und als Verena ihm antworten wollte, schlug er ihr mit aller Kraft ins Gesicht, sodass sie nur noch Sternchen sah.

»Sie sind doch vollkommen irre!«, schleuderte Annika

ihm wutentbrannt entgegen, aber das hätte sie besser nicht gesagt, denn seine Haltung änderte sich von einer Sekunde zur anderen.

Die blinde Wut, die ihn bis eben noch total ausfüllte, wich in wenigen Augenblicken völlig von ihm und machte einem verschlagenen Gesichtsausdruck Platz, der allen dreien das Blut in den Adern gefrieren ließ.

Dazu sagte er so ruhig wie schon lange nicht mehr: »Ihr habt es nicht anders gewollt! Ich werde euch jetzt beibringen, was es bedeutet, sich mir zu widersetzen!«

Bei diesen Worten zog er die Pistole aus seinem Hosenbund und richtete sie auf Annika. In der anderen Hand hielt er den Schlüssel für ihre Ketten und machte sich daran sie aufzuschließen: »Wir beide werden uns im Wohnzimmer eine schöne Stunde machen. Verena, du wirst verstehen, dass ich dich nicht gleich mitnehmen kann, obwohl es bestimmt reizvoll wäre, aber keine Sorge: Du kommst auch noch dran! Und für dich, meine liebe Andrea, werde ich mir abschließend etwas ganz Besonderes ausdenken!«

Annika, die direkt in den Lauf der Pistole blickte, war viel zu schockiert, um auch nur an Gegenwehr zu denken. Selbst ihr, die sich bislang völlig unbeeindruckt gegeben hatte, schnürte die Angst nun die Kehle zusammen und sie hielt sich bis ins Detail an die Anweisungen ihres Peinigers. Sie kettete ihre beiden Leidensgenossinnen fester denn je aneinander fest. Anschließend befahl er den beiden, sich vor der Heizung auf den Boden zu setzen, was wegen ihrer Verschnürung aber nur sehr langsam geschah. Als sie endlich saßen und er sich sicher war, dass sie aus eigener Kraft nicht mehr aufstehen oder am Ende gar die ganze Heizung aus der Wand reißen konnten, packte er Annika am Arm und zog sie mit hinaus.

Bevor die Tür ins Schloss fiel, trafen sich die Blicke der Frauen, und die beiden zurückgebliebenen erkannten nackte Panik in den Augen von Annika.

Draußen im Wohnzimmer nahm Markus Mautz ein paar Handschellen vom Tisch, warf sie ihr zu und sagte: »Anlegen, aber dalli!«

Notgedrungen erfüllte Annika seine Forderungen. Hoffentlich ist Claus mit seinen Kollegen bald hier, dachte sie. Die Aussicht, diesem Idioten hilflos ausgeliefert zu sein, machte sie wahnsinnig.

Da sagte er auch schon: »Leg dich mit den Rücken aufs Sofa! Den Kopf nach links und die Arme ins Genick!«

Um seiner Forderung den nötigen Nachdruck zu verleihen, entsicherte er die Waffe und befestigte die Handschellen, noch bevor sie überhaupt an Gegenwehr denken konnte, an einem dafür vorgesehenen Haken am Sofa. Sie konnte zwar noch um sich treten, aber das half ihr nicht viel. Kurzerhand setzte er sich auf ihre Beine, zog ihr die Schuhe aus und fixierte ihre Füße mit eigens dafür vorgesehenen Ketten. Nun war Annika ihrem Peiniger völlig hilflos ausgeliefert, was dieser genüsslich auszunutzen gedachte.

Markus schwang sich rittlings auf ihre Beine, beugte sich über ihren Oberkörper, grinste sie höhnisch an und hauchte ihr einen Kuss auf ihre Brüste. Im nächsten Augenblick waren seine Hände überall auf ihrem Körper, und Annika kämpfte gegen den aufkommenden Brechreiz an, als er ihre Bluse packte und sie mit einem kräftigen Ruck auseinanderriss, sodass die Knöpfe nach allen Seiten flogen.

Plötzlich hatte er eine Schere in der Hand, und wilde Panik erfasste Annika.

Sie riss den Mund auf, um laut zu schreien, aber Markus fuhr sie an: »Schrei doch, dann hast du's schneller hinter dir!«

Fast schon erleichtert erkannte sie, dass er nicht auf sie einstechen wollte, wie sie zuerst befürchtet hatte, sondern lediglich seine eigene Methode hatte, ihren BH zu öffnen. Dass er sich dann aber über sie beugte, um ihre Brustwarzen mit der Zunge zu massieren, raubte ihr vor Abscheu fast die Sinne.

Als sie jedoch spürte, wie eine seiner Hände immer tiefer wanderte und schließlich in ihrem Schritt liegenblieb, riss sie entsetzt die Augen auf und starrte ihm ins Gesicht.

Da glitt ein Lächeln über seine Züge, und er sagte: »Du bist zwar nicht mehr ganz taufrisch, aber du hast dich verdammt gut gehalten. Wir haben noch sehr viel Zeit und werden es uns hier schön gemütlich machen. So haben wir beide mehr davon. Irgendwie reizt mich dein Körper mehr als der von den beiden jungen Hühnern da drinnen.«

Dann spürte sie, wie seine Hand wieder ein Stück nach oben fuhr und sich am Knopf ihrer Jeans zu schaffen machte.

Etwa zur gleichen Zeit hatte der Oberste seine Leute, die nun wieder vollzählig waren, um sich herum versammelt und erklärte ihnen, dass er noch etwas zu tun habe.

Als er das hörte, beschlich Ambrosius wieder dasselbe ungute Gefühl wie schon seit einigen Tagen.

»Ich muss, da sonst niemand mehr zur Verfügung steht, den Mann beim LKA ausschalten, der uns bislang vor Gefahren gewarnt hat«, sagte der Oberste. »Er weiß zu viel und muss dieses Wissen für immer bei sich behalten.«

»Kann das nicht einer von uns machen?«

»Nein, das wird zu kompliziert. Ich weiß genau, wie ich an ihn rankomme. Sollte ich bis zwölf Uhr nicht zurück sein, setzt ihr euch in den Bus und fahrt alleine nach Egelsbach. Ich komme dann direkt dorthin. Sollte ich, aus welchen Gründen auch immer, bis halb zwei nicht bei euch sein, fliegt ihr ohne mich und mit der Hälfte des Geldes auf die Kapverdischen Inseln.«

»Der Hälfte? Wieso denn das?«

»Hast du Angst, dass ich euch bescheiße, oder was soll diese blödsinnige Fragerei?«

»Nein, natürlich nicht, aber …«

»Ambrosius, ich habe dich eigentlich für klüger gehalten. Denk doch mal nach: Wenn bei euch was schiefgeht und ihr gefasst werdet, ist immer noch genügend Geld da, um einen Anwalt – oder besser gesagt, noch einen Befreiungstrupp – zu engagieren, der euch da raushaut.«

Er hielt kurz inne und blickte in die Runde.

»Schaut mich nicht so misstrauisch an. Wir sind ein eingespieltes Team. Wenn ich das alles erst wieder aufbauen müsste, käme das viel teurer. Ich hoffe, dass ich mit euch fliegen kann, aber wenn das nicht klappt, werden wir uns auf den Kapverden treffen, um mit einer anderen Maschine gemeinsam weiterzufliegen. Wenn auch das nicht gelingen sollte, verteilt ihr das Geld unter euch und versucht auf getrennten Wegen nach Argentinien zu kommen. Haltet euch unbedingt vorerst von unserem Anwesen in der Nähe von La Plata fern, denn die Security-Leute dort rechnen mit mir und einigen Gefolgsleuten. Wenn sie mich nicht entdecken, könnte es schon alleine wegen der Verständigungsschwierigkeiten zu Problemen kommen, die eine spätere Zusammenarbeit problematisch machten. Ich muss diese Leute erst neu instruieren. Ambrosius, du gehst nach La

Plata. Rund um die Plaza Moreno gibt es mehrere Hotels. In einem davon quartierst du dich ein. Deine Aufgabe ist es, Kontakt zu den anderen zu halten, die sich im Stadtgebiet verteilen werden. Aber das gilt nur, falls ich es nicht rechtzeitig schaffe, bei euch zu sein.«

»Ja, Meister. Hoffentlich geht nichts schief!«, sagte Ambrosius, als der Oberste seinen Aktenkoffer vom Schreibtisch nahm, sich verabschiedete und das Haus verließ.

Gut, dass seine Leute so einiges nicht wussten, dachte er, als er in den Wagen stieg. Zum Beispiel, dass nur für ihn allein noch ein weiterer Notfallplan existierte. Er würde jetzt bestimmt nicht das Risiko eingehen und nach Wiesbaden fahren, um ihren Spitzel zu liquidieren. Was sollte der schon aussagen? Aber er würde ab sofort den kleinen Flugplatz in Egelsbach im Auge behalten und nur dann zu seinen Leuten stoßen, wenn im Umfeld alles ruhig blieb und er sicher war, dass die Polizei ihnen nicht schon auf den Fersen war. Während er den Motor seines Wagens startete, warf er durch den Rückspiegel einen letzten Blick auf das Haus, grinste und fuhr davon.

Unterdessen war Claus Mergentheimer auf der Vincenzstraße in Hofheim jenseits der Eisenbahnstrecke angekommen. Da er wusste, dass die nördliche Zufahrt nach Hofheim durch eine Baustelle versperrt war und die Zufahrt über Kriftel derzeit durch einen schweren Unfall mit Rettungshubschraubereinsatz blockiert, trat er das Gaspedal weit durch und fuhr zur A66. Leider war auch hier in der vergangenen Nacht eine Baustelle entstanden, und zwischen den Anschlussstellen Zeilsheim und Höchst gab es Stau. Er setzte das abnehmbare Blaulicht aufs Dach, und nur allmählich bildete sich darauf eine Gasse für ihn.

»Da hätte ich auch gleich über Eppstein fahren können!«, sagte er verärgert, beruhigte sich dann aber damit, dass Hans Heisslitz mit einigen Kollegen zusammen auf dem Weg nach Liederbach war.

Hätte er geahnt, dass auch die Kollegen in Schwierigkeiten steckten, wäre er nicht so zuversichtlich gewesen.

Da ging es Peter und Stefan schon besser, auch wenn sie nicht so bequem saßen. Sie befanden sich seit dem frühen Morgen gut getarnt nahe dem Hangar des Flugplatzes Egelsbach, von dem nur kleinere Maschinen starten konnten, und hatten freie Sicht auf das Rollfeld und dessen Umgebung. Da es hier zurzeit nur eine Maschine gab, die groß genug war, zehn Personen aufzunehmen, hatten sie mit Dr. Steinmeier abgesprochen, diese im Auge zu behalten, bis seine Leute vor Ort waren.

Hinter einem abgehängten Malergerüst, die Halle wurde gerade neu gestrichen, hatten die beiden Deckung gefunden, und gegen elf Uhr war Steinmeier zu ihnen gestoßen.

»Ist schon was geschehen?«

»Nein, bis jetzt ist alles ruhig. Dort drüben, das ist die einzige Maschine, die infrage kommt. Bis jetzt ist noch niemand aufgetaucht.«

»Okay, dann können Sie jetzt gehen! Ich habe meine Leute unauffällig auf dem ganzen Flugplatzgelände verteilt. Leider konnten wir den laufenden Betrieb nicht unterbrechen, sonst hätten die Ganoven rechtzeitig Lunte gerochen, und wir würden nicht einen …«

In dem Moment betraten neun seriös aussehende Geschäftsleute das Rollfeld und steuerten direkt auf die Maschine zu.

»Das sollen die sein?«, fragte Dr. Steinmeier ungläubig.

»Außerdem dachte ich, es wären zehn. Haben Sie nicht so was erwähnt? Wer fehlt denn da?«

»Vermutlich der Oberste. Er hat einen langen weißen Bart und weiße Haare. Ein Bild von ihm war nicht aufzutreiben.«

»Okay, meine Leute sind da. Machen Sie sich jetzt vom Acker. Ich will nicht, dass Ihnen was passiert, wenn es hier losgeht.«

»Wie sollen wir das denn machen?«, fragte Peter, und Stefan fügte hinzu: »Wenn wir die Arbeitskleidung der Anstreicherfirma anhätten, ginge das vielleicht. Aber wenn wir, so wie wir sind, unter der Abdeckfolie hervorkriechen, fallen wir auf. Dann eskaliert das Ganze vielleicht.«

»Auch wieder wahr«, sagte Steinmeier nachdenklich. »Ich geh in Kürze in den Ruhestand und will das mit einer einwandfreien Bilanz tun. Bleiben Sie in Gottes Namen hier, aber rühren Sie sich nicht vom Fleck.«

Die Untergebenen des Sektenführers standen unterdessen kaum fünfzig Meter vom Malergerüst entfernt neben der Maschine und schienen nervös zu sein. Wahrscheinlich warteten sie auf ihren Meister, und ihre Ratlosigkeit war selbst auf diese Entfernung hin zu spüren.

Peter war der Einzige, der selbst über diese Distanz Bruchstücke ihres Gesprächs verstehen konnte. Er bekam mit, wie der Oberadjutant, der sich Ambrosius nannte, zu einem im Rang unter ihm Stehenden sagte: »… nicht kommen, fliegen … noch … Minuten.«

»Dr. Steinmeier, die wollen gleich ohne ihren Chef abfliegen«, sagte Peter aufgeregt, und der Kriminalrat meinte: »Scheiße, hoffentlich geht uns der Boss nicht durch die Lappen.«

Dann nahm er sein Funkgerät, wartete noch einen kleinen Moment, und als Bewegung in die Gruppe kam, gab er das Zeichen, den Einsatz zu starten.

Innerhalb weniger Sekunden wimmelte es rund um die Maschine plötzlich von vermummten und schwer bewaffneten Einsatzkräften, und noch bevor der erste der »Erleuchteten« im Flugzeuginneren verschwinden konnte, waren sie umzingelt. Die meisten Ganoven versuchten erst gar nicht, sich zu wehren, und ließen sich widerstandslos festnehmen. Lediglich Ambrosius und einer der Unteradjutanten, die auf der anderen Seite im Windschatten der Maschine eine Zigarette geraucht hatten, versuchten, im Chaos zu türmen.

Ihr Pech war, dass sie genau in die Richtung des zugehängten Malergerüsts liefen und damit direkt in Stefan und Peters Arme. Stefan, der inzwischen noch ein paar neue Kniffe von seinem Kampfsporttrainer Dao Tae Wung gelernt hatte, wirbelte herum und setzte mit einem einzigen gezielten Tritt den Unteradjutanten schachmatt. Aber auch Peter blieb nicht untätig. Er landete einen kräftigen Schwinger direkt unter Ambrosius' Kinn, dem gerade noch Zeit blieb, in Peter den Wanderer aus Bayern wiederzuerkennen, bevor er wie ein nasser Sack zu Boden ging.

Kriminalrat Steinmeier brauchte die beiden nur noch in Gewahrsam zu nehmen und konnte sich vor Begeisterung kaum noch zurückhalten.

»Bravo, meine Herren, das war spitze«, sagte er schnell. »Jetzt weiß ich auch, warum Kommissar Mergentheimer so gerne mit Ihnen zusammenarbeitet. Ich habe ihn bei all Ihren Qualitäten immer für etwas leichtsinnig gehalten, aber ich muss meine Meinung dazu endgültig revidieren.«

Unterdessen waren die anderen Beamten mit den restlichen sieben verhafteten Verbrechern in die Halle gekommen, wo sie von Steinmeier, den Detektiven und den beiden inzwischen in Handschellen gelegten Sektenmitgliedern erwartet wurden.

Nachdem der Gefangenentransporter mit der versammelten Bande aufgebrochen war, kam der Sturmkommandoführer mit zwei weiteren Beamten in die Halle und sagte: »Wir haben das Flugzeug durchsucht und keine weiteren Personen gefunden. Allerdings konnten wir eine größere Menge Bargeld sicherstellen.«

»Wie viel denn?«

»Zum Zählen hatten wir noch keine Gelegenheit, aber unserer Schätzung nach bestimmt viereinhalb Millionen Euro in kleineren Scheinen.«

»Schaffen Sie das Geld nach Wiesbaden und die Festgenommenen zum Verhör. Schließlich fehlt der Oberste noch.«

»Den finden wir schon!«, riefen Peter und Stefan nahezu gleichzeitig aus, aber Steinmeier meinte: »Nichts da. Sie fahren jetzt nach Hause und kümmern sich um Ihre Frauen. Die haben schon lange genug auf Sie warten müssen. Machen Sie bitte nicht den gleichen Fehler wie ich, denn in meiner Ehe kriselt es gewaltig.«

10.

Hans Heisslitz hatte schnell reagiert, seinen Kollegen Franz Leitner mitgenommen, der in dem Moment als Einziger zur Verfügung stand, und war sofort nach Liederbach in die Heidesiedlung aufgebrochen. Leider kamen sie nicht allzu weit, denn gerade als sie die Zufahrt des Thermalbades am Ortsrand erreichten, kam ein bulliger Sportwagen aus der Einfahrt geschossen und knallte dem zivilen Einsatzwagen der Hofheimer Kripo direkt in den vorderen Kotflügel.

Nach einer kurzen Schrecksekunde sah Hans Heisslitz zu seinem Kollegen Franz hinüber, der, wie so oft, wenn sie gemeinsam unterwegs waren, nicht angeschnallt war, und atmete erleichtert auf. Außer einer leicht blutenden Nase hatte er nichts abbekommen.

»Geht's, Franz?«, fragte Hans Heisslitz, und als sein Kollege eine beruhigende Handbewegung machte, stieg Heisslitz aus.

Mit einem fachmännischen Blick stellte er schnell fest, dass der Wagen sich nicht mehr aus eigener Kraft hier wegbewegen würde, denn die linke Radaufhängung war gebrochen. Da schien es dem Wagen des Unfallverursachers deutlich besser zu gehen – trotz einer kräftigen Beule in der Stoßstange schien er fahrbereit. Vom Fahrer selbst konnte man das allerdings nicht behaupten. Er lehnte an seinem

Wagen und presste sich ein Taschentuch an die recht stark blutende Platzwunde an der Stirn.

Gerade als Hans Heisslitz zu ihm hingehen wollte, um ihn zu fragen, ob er Hilfe brauche, kam der junge Mann auf ihn zu, und das Gesicht, das er machte, verhieß nichts Gutes.

»Mensch, du Idiot! Zu blöde zum Autofahren, wie?«

»Oh, nein, Sie …«

Der junge Mann ließ den Beamten erst gar nicht zu Wort kommen, sondern begann mit der Faust auf die schief in den Angeln hängende Motorhaube des zivilen Einsatzfahrzeugs einzuhämmern und brüllte dazu: »Dir Idiot sollte man den Führerschein abnehmen, sofern du einen hast. Weißt du Armleuchter eigentlich, wie viel Zeit und Mühe ich in dieses Schmuckstück gesteckt habe?«

»Das interessiert mich nicht im Geringsten!«, fuhr Hans Heisslitz auf, der sonst eigentlich die Ruhe in Person war. Aber als der andere empört ausrief: »Das ist doch wohl die Höhe!«, hatte er sich bereits wieder voll im Griff.

»Jetzt hören Sie mir mal zu, Herr …«, sagte er wieder in gewohnter Ruhe und mit der Autorität, die keine Widerrede mehr zuließ.

»Volker Loorsbacher.«

»Okay, Herr Loorsbacher, Sie werden doch wohl einsehen, dass Sie im Unrecht sind, denn Sie sind trotz roter Ampel in den Querverkehr hineingefahren …«

Im nächsten Augenblick rastete der Querulant erneut aus und schrie wie von Sinnen: »Dir werde ich helfen, mich zu beschuldigen!«, und ging mit erhobenen Händen in Heisslitz' Richtung, als wollte er ihn würgen.

Noch bevor er den Beamten ganz erreicht hatte, ertönte hinter ihm das Martinshorn eines Streifenwagens. Loorsbacher murmelte verwundert: »Wo kommen die denn auf einmal her?«, und nahm von seinem Vorhaben Abstand.

Hans Heisslitz, der das gehört hatte, sagte genüsslich: »Den haben wir über Polizeifunk alarmiert, denn Sie haben einen Dienstwagen der Hofheimer Kripo, der sich zudem noch in einem Noteinsatz befindet, gerammt. Leider nur zu gründlich.« Zu den uniformierten Beamten sagte er: »Kollegen, ruft gleich noch einen zweiten Wagen her, der diesen Wüterich auf die Wache bringt, und veranlasst einen Drogentest. Wir müssen leider euren Wagen übernehmen, denn wir sind zu einem Noteinsatz unterwegs.« Er wies die Kollegen an, den Unfall aufzunehmen und das Dienstfahrzeug in die Polizeiwerkstatt bringen zu lassen.

»Geht klar«, sagte Polizeimeister Norbert Schmitt und nahm Volker Loorsbacher in Gewahrsam, der nun ziemlich belämmert dreinschaute.

Mit diesem Bild vor Augen bestiegen Hans Heisslitz und Franz Leitner den Streifenwagen und brausten der Heidesiedlung entgegen. Dass dabei die Schutzweste für Claus im Kofferraum des zerbeulten Wagens zurückblieb, bemerkte niemand.

Unterdessen waren Stefan und Peter zu Hause angekommen und, nachdem sie in Peters Haus niemanden angetroffen hatten, in die Krakauer Straße gefahren.

»Sonderbar«, murmelte Stefan. »Warum ist denn keiner hier?«

»Shoppen sind die beiden gegangen, das weißt du doch. Oder muss ich es dir nochmals vorkauen? Schließlich haben wir unsere Frauen sträflich vernachlässigt. Jetzt bekommen wir die Quittung. Gerade jetzt, wo die Kinder mal nicht da sind, hätten wir uns eigentlich mehr Zeit für sie nehmen müssen. Jetzt plündern sie unser Konto.«

»Vielleicht hast du recht. Hol du doch schon mal zwei Bier aus dem Kühlschrank, ich ziehe mich nur schnell um. Mein Pulli hat es dringend nötig.«

»Meiner ist auch von alleine in den Wäschekorb gewandert, nicht mal den Deckel musste ich öffnen.«

»Witzbold.«

»Dann rufen wir Claus an und fragen ihn, ob es im Zusammenhang mit dem Obersten schon etwas Neues gibt. Ich würde mich zu gerne an dieser Jagd beteiligen.«

»Wem sagst du das? Mir geht's genauso«, sagte Stefan und ging ins Schlafzimmer. »Ach du heilige Scheiße«, rief er laut aus, und Peter rannte ihm hinterher.

»Was ist denn los?«

»Das Bett ist unberührt. Hier stimmt doch was nicht. Das heißt zumindest, dass Verena die Nacht nicht hier verbracht hat.«

»Na, meine Nichte hat es anscheinend faustdick hinter den Ohren«, sagte Peter schmunzelnd, obwohl auch er sich sofort daran erinnerte, dass Verena vor wenigen Jahren bereits einmal entführt worden war. »Vergnügt sich in fremden Betten, während wir im Wald auf der Lauer liegen. Hätte ich der Frau gar nicht zugetraut.«

»Rede bitte keinen Unfug«, sagte Stefan eingeschnappt.

Sie versuchten, Claus zu erreichen, aber weder seine Frau noch jemand auf seiner Dienststelle konnten ihnen sagen, wo er gerade war. Seine Kollegin Barbara Seeger teilte ihnen immerhin mit, dass er schon am Morgen zu einer Befragung aufgebrochen war und später die Kollegen Heisslitz und Leitner bei einem gefährlichen Einsatz unterstützen wollte.

Stefan konnte nicht sagen, warum, aber diese Aussage beunruhigte ihn noch weiter.

»Dazu gibt es doch keinen Grund«, versuchte Peter ihn zu beruhigen, aber Stefan antwortete: »Ich habe vorhin, als du auf der Toilette warst, versucht, Verena zu erreichen, aber der Apparat ist tot, und bei Annika geht auch nur die Mailbox ran. Ich hab um Rückruf gebeten, aber es tut sich nichts.«

»Das ist wirklich seltsam«, gab Peter zu, ließ sich aber nicht anmerken, dass er sich längst von Stefans Unruhe hatte anstecken lassen.

Im fünften Stock des Hochhauses in der Liederbacher Gartenstraße hatte Markus Mautz unterdessen seinen Spaß daran, Annika in Angst und Schrecken zu versetzen. Es reizte ihn, dass diese fast fünfzigjährige und ausnehmend attraktive Frau ihm Widerstand entgegensetzte und damit genau das tat, was er brauchte, um so richtig in Fahrt zu kommen. Markus spürte genau, dass es nicht mehr allzu lange dauern konnte, dass sie aufgab und er sie nehmen würde. Deshalb hatte er nicht nur ihre Hose ausgezogen, sondern saß selbst nur noch mit Boxershorts bekleidet rittlings auf Annikas Beinen.

Plötzlich warf er sich mit all seinem Gewicht nach vorn und versuchte Annika zu küssen.

»Au, Sie tun mir weh«, sagte Annika, zuerst noch um Deeskalation bemüht, aber dann gingen doch die Pferde mit ihr durch, und sie spuckte dem Mann, der grob und hinterhältig lachend nach ihren Brüsten griff, mitten ins Gesicht.

»Hey, du alte Schabracke, pass auf, was du tust!«, brüllte er sie an und schlug ihr mit der flachen Hand ins Gesicht. »Ich hab wirklich gedacht, wir könnten uns eine schöne Zeit machen, von der wir beide etwas haben! Aber du bist kein bisschen besser als diese beiden Schlampen da drinnen. Denen besorg ich es auch noch. Darauf kannst du dich verlassen.«

»Das glaub ich dir nicht, du impotentes Weichei. Du bringst doch nicht mal einen hoch, wenn eine Frau gefesselt vor dir liegt. Na, was ist? Klappt wohl nicht so, wie?«, sagte Annika erbost zu ihm, denn sie hatte inzwischen ihre vornehme Zurückhaltung aufgegeben und ließ alles heraus, was sich in den letzten Stunden aufgestaut hatte.

Sie fürchtete schon, einen Riesenfehler gemacht zu haben, aber genau so schnell, wie Markus Mautz aufgebraust war, beruhigte er sich auch wieder.

»Es ist immer wieder schön zu sehen, wenn so eine angegraute Wildkatze noch reichlich Feuer hat. Ich glaube, ich werde doch noch ordentlich Spaß mit dir haben …«

»… aber ich nicht mit Ihnen«, schleuderte Annika in ihrer Verzweiflung Markus entgegen. »Und die angegraute Wildkatze nehmen Sie zurück. Ich kann noch ganz anders. Mit so einem schmächtigen Bürschchen werde ich allemal fertig.«

Langsam bekam Annika wieder mehr Selbstvertrauen, trotzdem blieb sie auf der Hut. Bei solch einem Typen konnte man nie wissen, was in seinem Kopf vor sich ging.

Markus sah Annika fest in die Augen und wollte gerade erneut ausholen, doch Annika war schneller und wehrte sich mit den bescheidenen Mitteln, die ihr zur Verfügung standen.

»Na los, wird's bald. Das ist doch das Einzige, was Sie können, zuschlagen. Sie wissen doch gar nicht, wie man mit einer Frau umgeht. Ist Andrea Ihre erste Freundin? Oder hat es vorher keine länger mit Ihnen ausgehalten?«

»Moment mal, du Wildkatze. Was soll das? Andrea ist eine miese, lesbische, dumme Hure und sonst nichts. Vor allem diese andere Schlampe, die hat's faustdick hinter den Ohren. Vögelt mit meiner Freundin rum! Ich fasse es einfach nicht!«

»Nun mal langsam mit den Pferden«, sagte Annika so ruhig wie möglich. »Mir scheint, Sie haben sich da total verrannt in Ihren Gedanken.«

Als Claus Mergentheimer vor dem Hochhaus ankam, war weit und breit nichts von seinen Kollegen zu sehen.

»Wo sind denn Hans und Franz nur? Ich habe geglaubt, die sind längst hier!«, murmelte er und ließ sich über die Leitstelle mit ihnen verbinden, nachdem er ihren Wagen nicht direkt erreichen konnte.

»Claus, in spätestens zehn Minuten sind wir da«, schallte es ihm aus dem Lautsprecher des Funkgerätes entgegen. »Wir hatten in Höhe der Therme einen Unfall, und der zivile Wagen ist nur noch Schrott. Wir kommen mit einem Streifenwagen.«

»Um Himmels willen. Ist euch was passiert?«

»Franz hatte ein bisschen Nasenbluten, ist aber schon wieder vorbei.«

»Es ist alles in Ordnung, Claus«, war Franz' Stimme im Hintergrund zu hören. »Bis gleich.«

»Habt ihr an meine Schutzweste gedacht?«

»Verdammte Scheiße«, rutschte es Hans heraus. »Die liegt noch im Schrottfahrzeug.«

»Dann muss es eben ohne gehen. Schaltet das Martinshorn nicht an, ich will den Kerl nicht unnötig aufschrecken.«

»Wir machen unseren Beruf nicht erst seit gestern, Claus«, hielt Hans dagegen.

»Einer von euch nimmt die Treppe und der andere den Lift. Ich gehe schon mal voraus.«

»Wart lieber auf uns, Claus«, riet der Kollege Heisslitz, aber das hatte Claus nicht mehr gehört, denn er hatte das Mikrofon schon in die Halterung zurückgesteckt. Dabei kam es ihm so vor, als hätte er aus einem der oberen Stockwerke einen Schrei gehört. Ohne lange nachzudenken, nahm er seine Pistole aus dem Handschuhfach und spurtete los.

»Beeil dich doch etwas«, raunte Franz Leitner dem Kollegen zu. »Claus wagt sich ohne Rückendeckung in die Höhle des Löwen. Auch wenn mir meine Vernunft sagt, dass da wohl nichts passieren wird, habe ich ein verdammt ungutes Gefühl.

»Geht mir nicht anders. Außerdem bin ich auch noch schuld an dem Schlamassel.«

»Meinst du nicht, dass du es übertreibst?«

»Nein, denn Claus hat mich eindringlich um die Schutzweste gebeten. Wenn da was schiefläuft, mache ich mir auf immer und ewig Vorwürfe. Von Schuchheim, der mich einen Kopf kürzer machen würde, will ich erst gar nicht reden.«

»Jetzt beruhige dich doch mal. Wenn wir die Ruhe bewahren, helfen wir Claus am meisten. Außerdem trifft mich mindestens genauso viel Schuld, da ich das auch wusste.«

Inzwischen waren die Beamten an der Ecke der Gartenstraße zur Heidestraße angekommen, und Hans bremste kurz ab, da von rechts ein Fahrzeug kam. Nachdem es die Kreuzung passiert hatte, trat Hans das Gaspedal wieder durch, und sie fuhren die wenigen Meter bis zum Parkplatz des Hochhauses durch und kamen neben Claus' Wagen zum Stehen. Der sonst so behäbige Franz Leitner sprang so schnell aus dem Auto, dass Hans Heisslitz seinem Kollegen kaum folgen konnte. Erst am Lift hatte er ihn eingeholt.

»Bis gleich«, rief er seinem Kollegen zu. Dann spurtete er die Treppen hinauf.

Claus Mergentheimer beschlich ein unangenehm beklemmendes Gefühl, als er den langen, düsteren, wie ausgestorben daliegenden Flur betrat. Für einen kurzen Moment erwog er sogar, auf die Kollegen zu warten; doch dann entschied er sich, sofort zu handeln. Er ging vorsichtig den Flur entlang, bis er zu einer Wohnungstür kam, an der ein hölzernes Namensschild hing: M. Mautz & A. Dehler stand darauf. Hier war er richtig.

Vorsichtig presste er sein Ohr gegen die Tür und versuchte zu erahnen, was da drinnen vor sich ging. In dem Moment wünschte er sich, Peter mit seinem außergewöhnlich sensiblen Gehör wäre hier. Leider konnte er nicht das geringste Geräusch von drinnen erfassen, zumal in diesem Augenblick der Aufzug nach oben fuhr und das leise Brummen alles andere überlagerte.

Ah, die Kollegen kommen, dachte er und lauschte noch intensiver.

Plötzlich hörte er, wie drinnen jemand wie von Sinnen losbrüllte.

Das musste dieser Irre sein, der die drei Frauen in seiner Gewalt hatte. Was tat er ihnen gerade an? Claus war klar, dass keine Zeit mehr zum Abwarten blieb; er musste schnell und überlegt handeln.

Er klingelte und pochte gleichzeitig mit der Faust gegen die Tür. Dazu rief er laut: »Aufmachen! Polizei! Die Wohnung ist umstellt! Sie haben keine Chance!«

In seine letzten Worte hinein knallten drei Schüsse, und das Holz der Wohnungstür splitterte. Die ersten beiden Kugeln verfehlten Claus' Kopf um Haaresbreite, aber der dritte Schuss durchschlug die Tür mittig und deutlich tiefer.

Noch während Claus getroffen zu Boden glitt, wurde ihm klar, dass er einen Bauchschuss kassiert hatte. Dann begannen bereits seine Sinne zu schwinden.

Erst nach einigen Sekunden wurde die Tür vorsichtig geöffnet, und Markus Mautz sah hinaus. Franz Leitner, der, vom Treppensteigen noch völlig ausgepumpt, hinter einem Mauervorsprung auf seinen Kollegen wartete, erkannte deutlich, dass sich der Mann gerade erst angezogen hatte, denn sein Hemd hing aus der Hose, und der Hosenstall stand offen.

Er warf einen verächtlichen Blick auf den blutend am Boden liegenden Beamten, bevor er über ihn hinwegstieg, um schnellen Schrittes das Weite zu suchen.

Weit kam er allerdings nicht, denn Franz Leitner trat ihm in den Weg.

»Ach, noch so ein Blindgänger«, sagte Markus und riss die Pistole hoch. Da traf ihn der Ruf von Hans Heisslitz wie ein Paukenschlag: »Halt! Stehenbleiben! Das Spiel ist aus!«

Markus Mautz fuhr blitzschnell herum, und wieder knallten Schüsse, aber Hans Heisslitz, der gerade aus dem Aufzug getreten war, war vorgewarnt. In Deckung gehen und selbst schießen war die Handlung einer Sekunde. Während die Kugeln aus Markus' Pistole nur das Flurfenster durchschlugen, brach er selbst mit einem blutigen Röcheln zusammen.

Nun war Franz Leitner bei Claus und hatte bereits den Rettungshubschrauber für seinen Kollegen und den ebenfalls schwerstverletzten Verbrecher gerufen. Auch Hans kniete neben Claus, nahm seine inzwischen leblos daliegende Hand und fühlte den Puls.

»Nur noch ganz schwach«, sagte er. »Kümmerst du dich um ihn?« Hans Heisslitz ging in die Wohnung, um die Frauen zu befreien.

Schon bald darauf landete der Rettungshubschrauber vor dem Hochhaus, und der Notarzt kümmerte sich um die beiden Niedergeschossenen. Als sie abtransportiert wurden, begleitete Franz sie noch mit nach unten.

Kurz bevor Claus in den Hubschrauber gehoben wurde, kam er noch mal zu sich und fragte leise: »Habt ... habt ihr diesen Dr... Dreckskerl?«

»Ja, wir haben ihn.«

»Und ... und die Frau ...«, presste Claus noch hervor, bevor er ins Koma fiel.

11.

Entschlossen betrat Hans Heisslitz die Wohnung und ging ins Wohnzimmer. Hier fand er Annika, die nur noch mit ihrem Slip bekleidet auf der Couch angekettet war. Ohne zu zögern, zog er sein Sakko aus und bedeckte damit Annikas Blöße, der es sichtlich peinlich war, so gedemütigt und erniedrigt dort zu liegen.

»Was ist mit Claus?«, fragte sie sofort.

»Der Scheißkerl hat ihn erwischt, aber er selbst hat auch ganz schön was abbekommen.«

»Ist er … Claus, meine ich?«

»Schon klar. Nein, er lebt, wenngleich es nicht gut aussieht. Der Rettungshubschrauber bringt gerade beide in die Klinik.«

»Da drüben liegt der Bolzenschneider. Machen Sie mich schnell los. Die anderen beiden sind im Schlafzimmer an die Heizung gekettet«, sagte Annika mit fester Stimme, die schon wieder einen recht stabilen Eindruck machte.

Nachdem Hans Heisslitz sie befreit hatte, ging er hinüber ins Schlafzimmer, dabei warf der Junggeselle noch einen bewundernden Blick zurück auf Annika und dachte: Verdammt taffe Frau. So eine müsste mir auch mal begegnen.

Als er die beiden anderen Frauen wie ein Häufchen Elend an der Heizung sitzen sah, dachte er mitleidig: Jetzt hat Verena das schon zum zweiten Mal erlebt. Wie viel Pech kann ein Mensch eigentlich vertragen? Hoffentlich bricht sie mir nicht zusammen.

Dann befreite er sie von ihren Fesseln und verließ den Raum, damit auch Andrea sich ungestört anziehen konnte. Als er ins Wohnzimmer zurückkam, war Annika bereits wieder in ihrer Kleidung und gab ihm sein Sakko zurück.

»Danke für Ihre Hilfe, das war Rettung in letzter Sekunde.«

In dem Moment kamen Verena und Andrea ins Wohnzimmer.

Auch Verena fragte sofort: »Was ist mit Claus?«

»Er ist bereits im Krankenhaus und der andere auch. Euch werde ich jetzt ebenfalls dorthin bringen, damit ihr eingehend untersucht werden könnt.«

Während Annika stumm nickte und Andrea keinerlei Regung zeigte, protestierte Verena:

»Für was denn? Ich fühle mich gut.«

»Dein Mann wird das anders sehen, denke ich. Außerdem müsst ihr schon alleine deshalb, wenn es noch zu einer Anklage gegen Markus Mautz kommen sollte, ordentlich untersucht werden und alle Spuren festgehalten sein.«

Das sahen die Frauen denn auch ein. So verließen sie mit Hans Heisslitz die Wohnung, der die Tür anschließend noch versiegelte. Auf dem Weg zum Auto fragte er: »Wie lange hat euch der Kerl denn überhaupt hier festgehalten?«

»Uns beide seit gestern, Andrea noch länger«, sagte Annika. »Aber es hat sich angefühlt wie drei Wochen. Dieser Knallkopf hat alles verrammelt, das Licht gelöscht und die Rollläden verschlossen.«

»Wie geht es euch?«, fragte Stefan ganz außer Atem, als er und Peter den drei Frauen im Foyer des Krankenhauses entgegengerannt kamen. Nachdem Verena ihn angerufen hatte, hatten sie alles stehen und liegen lassen.

Auch Hans Heisslitz war bei ihnen.

»Und was machst du hier, Hans?«, fragte Peter.

»Ihr könnt euch nicht vorstellen, was wir auszuhalten hatten«, sprudelte Annika hervor, und ein leichter Vorwurf schwang in ihrer Stimme mit.

»Das Letzte, was wir wussten, ist, dass ihr shoppen gehen wolltet.«

»Allerdings, aber das kam so …«, begann Annika erneut, bevor ihre Stimme versagte.

Verena sprang in die Bresche und berichtete in abgespeckter Form, was geschehen war.

»Nun liegt Markus Mautz genau wie Claus auf der Intensivstation, und beide kämpfen ums Überleben.«

»Puh …« Es war eine der seltenen Momente, in denen Peter vor Schreck sprachlos war

»Um Himmels willen«, setzte auch Stefan nach und nahm seine Verena in den Arm, ebenso wie es Peter mit Annika tat.

»Ich wollte, es wäre anders gelaufen«, sagte Hans Heisslitz.

Stefan versuchte, sich zu sammeln. »Lasst uns nachfragen, wie es Claus geht«, sagte er, und alle machten sich auf den Weg in Richtung Intensivstation.

Dort übernahm Hans Heisslitz das Reden, aber man wollte ihnen, da keiner mit Claus verwandt war, keine Auskunft geben und sie auch nicht zu ihm lassen.

Der Assistenzarzt, der gerade Dienst hatte, sagte unmissverständlich: »Ihre Vernehmung können Sie sich vorerst sparen, denn der Mann ist nicht vernehmungsfähig.«

»Aber mit mir werden Sie doch sprechen!«, meldete sich

plötzlich eine Stimme von der Tür zur Intensivstation her. »Ich bin Stefanie Mergentheimer, die Ehefrau des Verwundeten.«

»Aber selbstverständlich«, beeilte sich der junge Mann zu versichern. »Ich hole schnell den Chef. Er kann Ihnen besser Auskunft geben als ich, da er Ihren Mann operiert hat.«

Kaum war der junge Mediziner verschwunden, sagte Verena: »Ich sollte dich vielleicht vorwarnen, denn auch Markus Mautz, der das inszeniert hat, liegt hier, und seine Eltern sind bei ihm. Sein Vater ist ein armes Würstchen, das völlig unter der Fuchtel seiner Frau steht, und sie ist eine Furie. Ich hatte vorhin im Foyer schon das zweifelhafte Vergnügen, eine Szene beobachten zu dürfen.«

»Danke, Verena, aber ich fürchte mich nicht vor denen, die werden mich kennenlernen.«

Während die Detektive, ihre Frauen und Hans Heisslitz in den Warteraum mussten, durfte Frau Mergentheimer für fünf Minuten zu ihrem Mann, der leblos in seinem Bett lag. Mehr hatte der Chefarzt auch ihr nicht zugestanden. Dafür wollte er später noch einmal mit ihr sprechen. Er würde sie dann rufen lassen.

Im Warteraum angekommen, der zu der Tageszeit völlig leer war, fragte Stefan: »Seid ihr drei ordnungsgemäß untersucht worden?«

Sie berichteten, dass der zuständige Arzt eigentlich alle drei zur Beobachtung dabehalten wollte. Bei Verena, die außer einigen Hämatomen an Hand- und Fußgelenken von der Fesselung nichts abbekommen hat, war er aber schnell bereit einzulenken. Andrea werde in Kürze von ihren Eltern abgeholt, werde sich aber über kurz oder lang in Therapie begeben müssen. Lediglich bei Annika, die am meisten unter ihrem Peiniger zu leiden hatte, bestand der Arzt erst auf eine stationäre Aufnahme zur Beobachtung, aber nach Annikas scharfem Protest …

Kommissar Heisslitz, der zuletzt gesprochen hatte, hielt mitten im Satz inne, denn ein älteres, gramgebeugtes Ehepaar, in dem er zu Recht die Eltern von Markus Mautz vermutete, betrat den Raum.

Sie setzten sich in die hinterste Ecke und sprachen kein Wort. Erst als Stefanie Mergentheimer zu ihnen stieß, kam Leben in die alten Leute. Franziska Mautz sprang auf und trat Steffi in den Weg. Dabei zog sie ihren Mann hinter sich her.

»Sie sind doch die Frau dieses Polizeimonsters?«, fuhr Franziska Mautz ihr Gegenüber scharf an. »Schämen Sie sich, dass Ihr Mann einen jungen, so hoffnungsvollen Burschen niedergestreckt hat!«

»Hoffnungsvoll? Ihr Sohn? Verwechseln Sie da nicht was? Ihr Sohn ist doch das Monster! Ein Verbrecher, Geiselnehmer und was weiß ich noch alles. Ein schönes Früchtchen haben Sie da großgezogen!«

»Beleidigen und diffamieren, das ist alles, was Leute von Ihrem Schlag können! Du elende Schlampe, du … du …!«

»Ich wüsste nicht, dass ich Ihnen das Du angeboten hätte!«, sagte Steffi Mergentheimer, die sich zu wehren wusste.

Franziska wandte sich darauf ihrem Mann zu und fauchte ihn an: »Robert, steh doch nicht so dumm rum und sag auch mal was dazu. Zum Rumglotzen habe ich dich nicht mitgenommen.«

»Es tut mir sehr leid, was da passiert ist. Ich hoffe, Ihr Mann kommt …«

Weiter kam Robert Mautz nicht, bis er von seiner Frau einen Rippenstoß kassierte, der ihm die Luft wegbleiben ließ.

»Jetzt weiß ich auch, woher dieser fiese Typ seine Bosheiten hat«, sagte Verena laut zu Annika. »Die Mutter ist kein bisschen besser als ihr Sohn.«

»Zu dir komme ich gleich«, ließ sich Franziska Mautz' Stimme vernehmen und wandte sich jedoch erst an ihren Mann, der auch etwas sagen wollte: »Trottel, halt's Maul! Der Alte von dieser Kuh hat unseren Sohn niedergestreckt! Wie kannst du …«

»Da haben Sie wohl was falsch verstanden. Ihr Sohn hat zuerst auf meinen Mann und auf seinen Kollegen geschossen. Daraufhin hat dieser Kollege das Feuer auf Ihren Sohn eröffnet.«

»Hätte er sich nicht um seinen eigenen Mist kümmern können? Musste er unbedingt unbescholtenen Bürgern hinterherschnüffeln?«

»Unbescholtener Bürger, ausgerechnet ihr Sohn?«, warf nun Verena erneut ein. »Er hat seine Freundin monatelang wie eine Sklavin gehalten! Und auch uns hat er als Geiseln genommen. Sehen Sie sich mal meine Hand- und Fußgelenke an?! Und auch die von Annika! Das geht eindeutig auf ihren Sohn zurück und ist das beste Beweismittel.«

»Ach, Sie sind diese erbärmliche Hure, diese Lesbe, die meinen Sohn die Freundin abspenstig …«, begann Frau Mautz erneut zu toben, aber in dem Moment begann die Alarmglocke zu läuten, und sie zog ihren Mann mit sich fort, dem Krankenzimmer ihres Sohnes entgegen.

Stefanie Mergentheimer blieb, obwohl sie bestimmt das Gleiche dachte wie das Ehepaar Mautz, wie angewurzelt mitten im Zimmer stehen und murmelte nur: »O Gott.«

Stefan und Peter hatten Claus' Frau gerade dazu bewegen können, sich hinzusetzen, da kam der Chefarzt in den Wartebereich und sagte: »Frau Dehler, ich muss Ihnen leider mitteilen, dass Ihr Lebensgefährte soeben verstorben ist.«

»Nein! Markus! Nein!«, schrie Andrea laut auf und brach anschließend völlig zusammen.

Es schien, als hätte sie sich trotz allem, was er ihr angetan hatte, noch immer nicht wirklich von ihm gelöst.

O nein, dachte Verena. Wenn Andrea bis heute nichts begriffen hat, wie soll das nur weitergehen?

Aber auch Annika bekam durch alles, was sich während der langen Tortur in ihr aufgestaut hatte, einen so heftigen Weinkrampf, dass sie sich selbst von Peter nicht wieder beruhigen ließ. Der Chefarzt der Intensivstation ließ ihr und Andrea eine Beruhigungsspritze verabreichen und sah sich gezwungen beide Frauen an eine andere Abteilung zu übergeben, wo sie über Nacht zur Beobachtung stationär aufgenommen wurden.

Als wieder einigermaßen Ruhe eingekehrt war, fragte Stefanie Mergentheimer den Chefarzt, der sich wieder seinen Patienten zuwenden wollte: »Vorhin wollten Sie mir nicht so recht sagen, wie es um meinen Mann steht. Bitte nehmen Sie kein Blatt vor den Mund! Sie können offen mit uns reden. Alle hier sind Freunde meines Mannes.«

»Also gut, auch wenn man beim besten Willen noch nichts Bestimmtes sagen kann: Es sieht zwar nicht sehr gut aus, denn Ihr Mann hat sehr viel Blut verloren. Aber wenn er diese Nacht übersteht, hat er gute Chancen, durchzukommen.«

Ob Steffi diese Nachricht positiv oder negativ aufgefasst hatte, konnte man in diesem Moment nicht erkennen, denn sie ließ sich wortlos auf einen der Stühle sinken und starrte eine Weile auf den Boden, bevor sie aufsprang und rief: »O mein Gott, Carola weiß von alledem noch nichts. Ich muss dringend nach Hause und ihr das schonend beibringen, wenn sie vom Sport heimkommt.«

»Soll dich jemand fahren?«, fragte Peter.

»Nein, ich nehme mir ein Taxi!«

Als die anderen wenig später auch das Krankenhaus verlassen wollten, kamen ihnen Waltraud und Paul Dehler entgegen. Verena klärte die schockierten Eltern über den Zustand ihrer Tochter auf, die über Nacht im Krankenhaus bleiben müsse, setzte sie mit Hilfe von Hans Heisslitz grob über den Verlauf des Falls ins Bild, und wünschte ihnen alles Gute. Schon am nächsten Tag sollte Verena erfahren, dass ihre Freundin nach dem Martyrium der letzten Monate fürs Erste in die Psychiatrie verlegt wurde

12.

Am nächsten Mittag, Peter hatte Annika aus der Klinik heimgeholt, kam ihnen am Hoftor Sven entgegengerannt, der am Vortag von der Klassenfahrt zurückgekommen und vom Opa Andreas abgeholt worden war.

»Mutti, wie geht es dir? Ich weiß Bescheid, denn Peter hat mir alles erzählt. Du kannst ehrlich mit mir reden; ich verstehe das schon.«

»So weit ganz gut!«, log Annika und umarmte ihren Sohn, dem solche Liebkosungen sonst eher unangenehm waren. »Aber wie war die Klassenfahrt?«

»Super, ganz toll!«

Dass es Annika alles andere als gut ging, brauchte der Junge vorerst nicht zu wissen.

Nur etwa eine Stunde später fand in der Wohnung Weimershaus eine ausgedehnte Begrüßungszeremonie statt. Joachim und Sabine Stettner, Verenas Eltern, brachten ihnen die Zwillinge zurück, die sich mit den Großeltern im Urlaub prächtig amüsiert hatten.

»Machen wir das mal wieder?«, riefen Alina und Anina gleichzeitig aus und schmiegten sich an beide.

»Ihr scheint uns überhaupt nicht vermisst zu haben, ihr Süßen«, bemerkte Verena trocken.

Mitten in die Szene hinein erschallte die Türglocke. Peter

stand mit Annika und Sven vor der Tür, denn Annika hatte es, von einer inneren Unruhe getrieben, zu Hause nicht mehr ausgehalten.

Stefan, Peter und die Frauen waren stillschweigend übereingekommen, dass die Ereignisse der letzten Tage kein Thema sein sollten, und das ging auch eine Zeit lang gut, bis Joachim Stettner sagte: »Dann hattet ihr ja ein paar schöne ruhige Tage zu zweit. Hoffentlich habt ihr sie auch genossen!«

»Ruhig? Schön wär's gewesen«, rutschte es Stefan unbedacht heraus.

Verena warf ihm, für alle sichtbar, einen warnenden Blick zu.

»Ich meinte, dass …«, hub Stefan beschwichtigend an. Aber seinen Schwiegereltern war der Blickwechsel nicht entgangen. Joachim, der seinen Schwiegersohn und seinen Bruder nur zu gut kannte, ließ nun nicht mehr locker, und so erzählten die Detektive, Verena und Annika nach und nach die ganze Geschichte von den »Erleuchteten« und von den Ereignissen um Markus Mautz. Sabine, seine Frau, wurde bei dem Bericht immer blasser und schrie ab und zu vor Schreck auf. Auch ihr standen die Bilder von Verenas Entführung wenige Jahre zuvor noch sehr plastisch vor den Augen. »Ist dir auch wirklich nichts passiert?«

»Mir nicht, dazu hatte dieser Irre zum Glück keine Zeit mehr. Aber Annika wäre fast vergewaltigt worden, und Claus wurde angeschossen und schwer verletzt.«

»Wie geht es ihm inzwischen?«, fragte Joachim betroffen.

»Seit heute Morgen schwebt er nicht mehr in Lebensgefahr. Ob er aber allerdings jemals in den Polizeidienst zurückkehren kann, ist fraglich.«

»Seine Frau wird das bestimmt nicht wollen«, sagte Sabine. »Ich könnte es ihr jedenfalls nicht verdenken.«

Später am Abend, Verenas Eltern waren längst schon wieder gegangen, fragte sie ihre Freundin: »Bist du mir böse, dass ich dich in die Sache reingezogen habe? Wenn ich nicht andauernd weitergebohrt hätte, wäre vielleicht vieles nicht passiert.«

»Uns nicht, aber Andrea umso mehr. Das ging ja schon lange so, und niemand hat was davon geahnt. Natürlich bin ich dir nicht böse. Stünde ich noch mal vor solch einer Entscheidung, würde ich es wieder genauso machen.«

»Dann möchte ich dir für deine Besonnenheit und den Mut danken, mit dem du Markus entgegengetreten bist. Denn damit hast du Schlimmeres verhindert, und ich bewundere dich sehr dafür.«

»So weit kommt's noch. Das war der Mut der Verzweiflung, auch wegen Andrea. Sie hat sich nur gehen lassen, daran bin ich fast verzweifelt.«

Verena umarmte ihre Freundin. Glücklicherweise sah sie dabei nicht das schmerzverzerrte Gesicht und so auch nicht die Tränen in Annikas Augen.

Einige Tage später mussten Peter, Annika, Stefan und Verena eine eingehende Vernehmung hinter sich bringen. Auf den Fluren des Polizeigebäudes in Hofheim kam es dann noch einmal zu einer unschönen Konfrontation mit Franziska Mautz, die Annika erstaunlich souverän meisterte.

Anschließend fuhren sie alle vier in die Krakauer Straße, wo Sven auf die Zwillinge aufgepasst hatte. Sie waren noch keine zwanzig Minuten zurück, als das Telefon klingelte.

Waltraud Dehler war dran, und auf Verenas Frage hin antwortete sie: »Ja, wir waren gerade bei Andrea und würden gerne mal kurz bei Ihnen vorbeikommen. Wäre das möglich?«

»Na klar, bis gleich!«

Nicht mal zehn Minuten später waren Andreas Eltern schon da. Sie hatten keine guten Nachrichten. »Andrea ist immer noch reichlich durcheinander«, erzählte Waltraud. »Sie hat sogar einen Suizidversuch unternommen, wenn auch die Ärzte sagten, er sei nicht wirklich ernst gemeint gewesen, sondern als Hilferuf. Allem Anschein nach kommt sie auch jetzt noch nicht von dem Kerl los, obwohl er nicht mehr lebt. Und alles ist nur meine Schuld.«

»Wie konnte denn das mit dem Selbstmordversuch geschehen? Hat man nicht genug auf sie aufgepasst?«

»Sie hat unbemerkt drei Tage lang ihre Beruhigungstabletten gesammelt und alle auf einmal geschluckt. Die Ärzte meinten, Lebensgefahr hätte zu keiner Zeit bestanden, aber sie wird nun noch einige Zeit länger dort bleiben müssen.«

»Aber warum um alles in der Welt geben Sie sich denn die Schuld daran?«

»Ich hätte mich mehr um unsere Einzige kümmern müssen. Dann hätte ich bemerkt, dass da was nicht stimmt. Aber als sie uns ihren Freund vorstellte, war er freundlich, nett und hilfsbereit. Nie hätte ich geahnt, dass er sich so verändert. Ich glaubte, Andrea sei glücklich, und ich wollte ihre traute Zweisamkeit nicht stören. Wenn Andrea früher Probleme hatte, kam sie immer zu mir. Ich verstehe das nicht.«

»Das ist auch nicht so einfach zu verstehen«, sagte Verena. »Aber vielleicht wollte sie endlich mal etwas alleine auf die Reihe kriegen, ohne mit dreißig noch zu Mutti zu laufen. Zudem ist ihr Pech bei Männern schon fast sprichwörtlich. Das macht ihr bestimmt auch zu schaffen. Deshalb lassen Sie Ihre Tochter besonders jetzt nicht allein. Sie braucht ganz viel Zuwendung; jetzt mehr denn je. Und wenn ich etwas tun kann, dann sagen Sie es mir.«

»Frau Weimershaus, danke. Es hat mir gutgetan, mich mal aussprechen zu können.«

Wenige Minuten später verabschiedeten sich die Eheleute Dehler. Paul, der die ganze Zeit nur schweigend dabeigesessen hatte, stand die Sorge um die Tochter deutlich ins Gesicht geschrieben.

Schon in der folgenden Nacht stellte sich heraus, dass auch Annika die Beinahe-Vergewaltigung sehr viel schlechter überstanden hatte als zuerst geglaubt. Mitten in der Nacht ließ sie ein Albtraum in die Höhe fahren und laut »Bitte nicht!« schreien.

Aber es kam noch schlimmer, denn dieser Albtraum wiederholte sich ab der folgenden Nacht im Abstand von etwa einer Stunde zwei- bis dreimal, sodass sie am Morgen wie gerädert aufstand und kaum noch Energie hatte, sich um irgendetwas zu kümmern. Auch begann sie, was sie noch nie getan hatte, Sven grundlos anzuschreien, um ihn dann um Verzeihung zu bitten.

»Was kann ich nur für Mutti tun?«, fragte der Junge Peter ganz verzweifelt.

»Das Beste wird sein, wenn wir immer da sind, wenn sie uns braucht.«

Kurze Zeit später wollte Peter sie zärtlich in die Arme nehmen, aber Annika stieß ihn mit einer derartigen Panik von sich, dass er sich auf dem Boden sitzend wiederfand, während sie in Tränen ausbrach. Da wurde ihnen klar, dass sie sich schnellstens in Therapie begeben musste, um wieder ganz die Alte zu werden.

Anfang Juni, es war der erste heiße Sonnentag in diesem Jahr, kam Hans Heisslitz zu Peter und Stefan ins Büro.

»Hallo allerseits«, grüßte er fröhlich.

Peter sah verwundert von seiner Buchführung auf und sagte: »Nanu, du bist aber gut gelaunt. Gibt es Neuigkeiten?«

»Allerdings, deshalb bin ich hier; ich wollte euch das persönlich erzählen. Schuchheim hat uns mitgeteilt, dass Claus endgültig über den Berg ist und morgen aus dem künstlichen Koma geholt wird. Wenn es nicht nochmal Komplikationen gibt, kann er in wenigen Tagen die Intensivstation und in gut zwei Wochen das Krankenhaus verlassen. Daran schließt sich noch ein längerer Reha-Aufenthalt an, und wenn nichts dazwischenkommt, wird Claus ab September wieder arbeiten.«

»Das sind doch wirklich mal gute Neuigkeiten. Sobald er auf die Innere verlegt ist, werden wir ihn besuchen. Was sagt denn Schuchheim dazu?«

»Der ist so was von erleichtert; das glaubt ihr nicht. Er war heute Morgen so freundlich zu uns, dass es schon fast unheimlich war.«

»Das kann ich mir denken«, sagte Peter, und auch Stefan atmete auf.

»Außerdem habe ich noch was anderes für euch. Als ich noch mal in der Wohnung im Hochhaus war, habe ich noch einige Folterwerkzeuge gefunden, die Herr Mautz für seine Freundin in Gebrauch hatte. Außerdem hatte er noch eine Pistole im Schrank versteckt, die ich sichergestellt habe. Nachdem ich die Wohnung verschlossen hatte und durch den Flur zum Lift ging, sind mir zwei Nachbarn begegnet. Ein älterer Herr mit einem Dackel und ein jüngerer mit seinem Beagle. Ich habe kurz mit ihnen gesprochen, und der Jüngere erzählte mir, er habe öfters beobachtet, dass Markus Mautz viele Stunden in seinem Kellerraum zubrachte und dort vor sich hin werkelte. Darauf habe ich mir den Schlüssel von Herrn Mautz senior geben lassen. Das heißt, er ist sogar mitgegangen, und wir haben dort auch mal nachgesehen. Da haben wir so einiges gefunden, was ich besser nicht näher erläutere.«

Darauf wollte Hans Heisslitz wissen, wie es mit den »Erleuchteten« weitergegangen sei.

»Wir sind froh, dass die Sache so glimpflich abgegangen ist und wir Melissa Ebert befreien konnten. Die junge Frau wohnt wieder bei ihrer Mutter, und die beiden haben ihren Streit ad acta gelegt, der maßgeblich dazu beigetragen hatte, dass sie dieser Sekte in die Fänge geriet. Frau Ebert war vorgestern hier und hat uns einen ansehnlichen Scheck vorbeigebracht.«

»Privatdetektiv müsste man sein«, sagte Hans Heisslitz lachend, aber man hörte den Neid, den er hinter dem Lachen zu verbergen versuchte.

»Wann kannst du Annika denn wieder aus Bad Reichenhall abholen?«, fragte Stefan, als er sich am nächsten Morgen seinem Freund und Kompagnon gegenüber am Schreibtisch niederließ. Annika war zur Therapie in einem Sanatorium in dem oberbayrischen Kurort.

»Das erfahre ich morgen, wenn ich mit Sven hinfahre. Der Junge ist noch nicht mal vierzehn, aber so was von tüchtig geworden. Als ich gestern Abend nach Hause gekommen bin, hatte er schon den Tisch gedeckt und gerade die Pizza aus dem Ofen genommen. Sie war sogar mit Zwiebeln und Peperoni verfeinert.«

»Donnerwetter aber auch!«, sagte Stefan mit milder Ironie. »Hat's geschmeckt?«

»Super. Was hat eigentlich dein Telefonat mit Franz Leitner ergeben? Hat man was über den Obersten in Erfahrung bringen können?«

»Stimmt, das wollte ich noch erzählen. Da hat sich das LKA wohl eher mit Rum als mit Ruhm bekleckert.«

»Wieso das?«

»Er ist über den Flugplatz Egelsbach entwischt, während das LKA und leider auch wir auf ihn warteten. Damit hat es sich im Nachhinein wohl doch als Fehler erwiesen, den Flugbetrieb während des Einsatzes weiterlaufen zu lassen.«

»Hätte man den Flugplatz lahmgelegt, wären die anderen gewarnt gewesen und am Ende auch noch davongekommen.«

»Das ist die andere Seite«, gab Peter zu. »Aber so konnte sich der Oberste unter die ganz normalen Geschäftsleute mischen, die dort mit ihren Privatmaschinen starten. Dort stand, wie die Polizei jetzt weiß, schon seit einigen Jahren eine Maschine, die unter seinem bürgerlichem Namen Gregor Trebert angemeldet war. Damit ist er in Richtung Italien gestartet.«

»Mensch, dann stimmte das, was Ludipus sagte, vielleicht sogar. Die wollten sich irgendwo im Süden treffen, um dann gemeinsam weiterzufliegen. Konnte man den Weg dieses Trebert weiterverfolgen?«

»Ja, und das war auch nicht allzu schwierig. Denn seine Maschine zerschellte an einem Bergmassiv in den ligurischen Bergen nahe Alassio. Seine Leiche wurde zwar nicht gefunden, aber die italienische Polizei geht trotzdem davon aus, dass er im Flugzeug verbrannt ist. Damit wurde der Fall zu den Akten gelegt.«

»Und was meinst du? Ich höre doch, dass du nicht daran glaubst, dass die Geschichte damit endet.«

»Was ich glaube, interessiert niemanden. Nur so viel sei

gesagt: Ich denke, dass von diesem Sektenführer vorerst keine Gefahr mehr ausgeht.«

Zur gleichen Zeit saß auf der Terrasse des Hotels Tropical in Trinidad ein Mann mittleren Alters und sah verträumt aufs Meer hinaus. Johannes Weiner, wie er sich jetzt nannte, trank einen Schluck Rotwein und dachte an seine Zeit als Sektenführer zurück.

Er bedauerte es sehr, dass er sich vermutlich niemals mehr auf seinem Landgut in Argentinien blicken lassen konnte. Aber das wurde ihm dadurch versüßt, dass in einem Bankschließfach in Trinidad ein Koffer mit annähernd sechs Millionen Euro in US-Dollars lagerte, der ihm allein gehörte. Damit ließ es sich hier in der Karibik schon eine ganze Weile aushalten.

Das war auch notwendig, denn obwohl wahrscheinlich noch immer niemand seinen wirklichen Namen kannte, war es auf Jahre hinaus zu gefährlich, mit einer neuen Truppe nach Deutschland zurückzukehren. Mit leichtem Groll dachte er daran, dass er seinen Leuten fast ein Drittel seines Vermögens überlassen musste, um sie zu beruhigen. Aber dann fiel ihm ein, wie leicht und vergleichsweise billig es gewesen war, den italienischen Kriminalbeamten und den Gerichtsmediziner zu bestechen. Die beiden hatten es immerhin geschafft, selbst die deutschen Behörden davon zu überzeugen, dass sein Flugzeug zerschellt und er dabei verbrannt war.

»Herr Ober!«, rief er auf Spanisch und dachte: Was soll's, das war in einem anderen Leben. Jetzt wird gefeiert.

»Ja, mein Herr!«, riss der Oberkellner des luxuriösen Strandhotels ihn aus seinen Gedanken.

»Sie haben doch gestern etwas von einer Diskothek erwähnt, in der man nette Mädchen kennenlernen kann?«

»Natürlich. Das ist das El Solero am nördlichen Stadtrand.«

»Danke. Bringen Sie mir doch bitte noch ein Glas Rotwein und rufen mir dann ein Taxi!«, sagte er zu dem Mann, steckte ihm diskret einen Fünfzig-Dollar-Schein zu und lehnte sich entspannt zurück.

ENDE

Grundrisszeichnung der Wohnung Markus Mautz

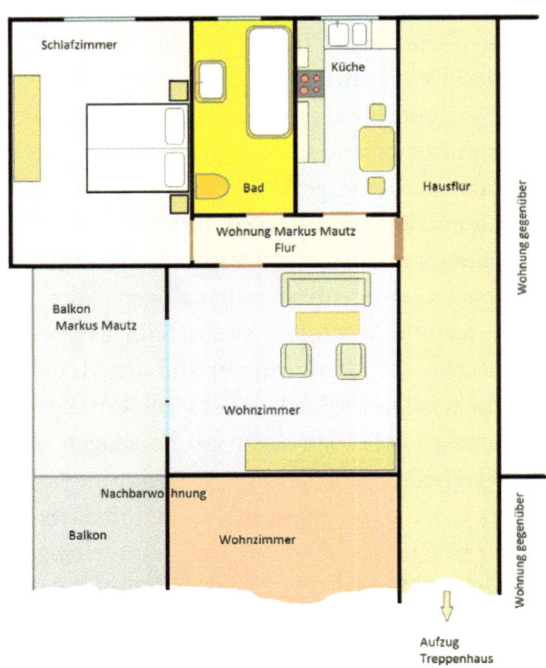